L'AMI DES MONUMENTS & DES ARTS

Organe du Comité des Monuments Français, du Comité international d'Amis des Monuments et des Arts et de la Society for the protection of ancient Buildings

U VIEUX CHATEAU DE SAINT-GERMAIN-EN-LAYE aura lieu la prochaine excursion artistique de l'Ami des Monuments et des Arts, organisée par M. Charles NORMAND, Architecte diplômé par le gouvernement, le Dimanche 11 Novembre 1894. Départ de la gare St. Lazare à Midi 50. Arrivée à 1 h. 34. On fera une visite exceptionnellement complète, grâce aux facilités accordées par M. le Ministre des Travaux Publics et par M. Jules COMTE, Directeur des Bâtiments Civils & Palais Nationaux.

M. DAUMET, Membre de l'Institut, expliquera les dispositions architectoniques du château dont il est l'architecte. Le Conservateur du Musée, M. Alexandre BERTRAND, Membre de l'Institut prêtera également le concours de son savoir et décrira les curiosités du Musée, en compagnie de M. Salomon REINACH, Conservateur Adjoint, Auteur du catalogue scientifique du Musée. M. Charles NORMAND renseignera sur le Château Neuf détruit.

Comme on peut se rendre à couvert au lieu de l'excursion, elle aura lieu sans inconvénient même en cas de pluie; si le temps le permet on visitera les restes peu connus du CHATEAU NEUF DE SAINT-GERMAIN

On trouvera dans le Tome II, p. 98 et 171, de l'Ami des Monuments et des Arts, l'historique de M. Salomon REINACH avec plans reproduisant les dessins inédits de Mansart; on y verra la destination des pièces quand la Cour les occupait (plans des p. 101, 169 et 173.) Dans le tome Ier (p. 272) on a décrit et figuré (p. 275) la collection d'armes gauloises offertes au Musée par M. MACÉ

Une liste des membres devant bientôt paraître, nous prions nos collègues de nous adresser leurs prénoms, titres, qualités et adresse. Les noms des membres à vie seront imprimés en caractères distincts.

CONDITIONS DE L'EXCURSION

Suivant l'habitude chaque personne participant à l'excursion se fera inscrire par retour du courrier, 98, rue de Miromesnil, et y adressera un bon de poste de 2 fr. 25 pour couvrir en partie les faux frais de son excursion (pourboires, agents, impressions, expéditions et frais divers). Outre leur carte de membre dont nos collègues sont priés de se munir ils recevront en échange un billet numéroté de participation du modèle de ceux publiés dans le bulletin de l'Ami des Monuments et des Arts, (8e vol. n° 43, p. 182) où l'on trouvera le règlement des excursions. Ces mesures sont nécessaires pour écarter les personnes étrangères à notre œuvre et qui renseignées par les avis donnés par les journaux cherchent à s'y mêler, Ce billet sera exigé pour l'entrée. Chacun voyagera à sa guise et à ses frais, soit par le chemin de fer, soit par le tramway à vapeur. Rendez-vous est fixé dans le vestibule du château à 1 h. 1/2

Ceux de nos Collègues qui voudraient amener des amis aux excursions sont priés de les faire inscrire à titre de membres avant la promenade. Des cartes de presse seront remises comme d'habitude aux journaux qui font profiter le public du récit de ces excursions.

LES ADHÉRENTS DE « L'AMI DES MONUMENTS ET DES ARTS » seront avisés prochainement de l'inauguration des :

PROMENADES EN CHAMBRE

Avec accompagnement de projections, etc... permettant de connaître les particularités inédites des villes éloignées de France et de l'Etranger, sans quitter Paris, et de continuer nos excursions par tous les temps. La 1re sera consacrée à Orléans, dont tant de curiosités sont ignorées des touristes et des guides.

ART. 1° DU RÉGLEMENT. — Aucune somme ne sera acceptée en gare ou en route, l'expérience ayant prouvé, en présence du chiffre croissant des assistants, que c'était une cause de retards et d'ennuis pour tous.

Paris. 98, Rue de Miromesnil

CHATEAU

DE

SAINT-GERMAIN-EN-LAYE

EXTRAIT

DES

PALAIS, CHATEAUX, HOTELS ET MAISONS DE FRANCE

PAR

CLAUDE SAUVAGEOT

PARIS

A. MOREL, LIBRAIRE-ÉDITEUR

13, RUE BONAPARTE

M DCCC LXVI

CHATEAU

DE

SAINT - GERMAIN EN LAYE

XIII', XIV' ET XVI' SIÈCLES

I.

Il semblerait que l'emplacement naturel de ces monuments élevés à grands frais par des fortunes royales, et empreints dans leurs lignes et leurs façades de la splendeur de leur origine, sont ces contrées ravissantes où l'on voit réunies la largeur des aspects et la beauté des horizons. Saint-Germain réunit ces différents mérites. Pour les ressources royales employées à bâtir le château, on sait ce qu'on doit penser : Si Paris a été de tout temps la capitale du monde politique, la vraie résidence de nos rois après et avant François Iᵉʳ a été la contrée qui domine la Seine au-dessus du Pecq. Il est donc naturel qu'à toutes les époques, et surtout à la Renaissance, on n'ait rien ménagé pour l'embellir. Quant à l'espace à occuper, on n'avait autour de soi que des arbres et des clairières et il était inutile de se restreindre comme on l'aurait fait à Paris à cause des constructions environnantes. Le beau palais bâti il y a trois siècles nous paraît petit à présent, et il semble en vérité qu'il ne devait pas suffire aux besoins de la royauté. En effet, nous verrons Louis XIV écouter à cet égard l'avis de ses courtisans et se transporter à Versailles, afin d'y installer le nombreux personnel (officiers, courtisans, dames d'honneur, domestiques et valets), dont il aimait à s'entourer. Mais les rois ses prédécesseurs avaient su y trôner sans que leur royauté parût méprisable. A présent que les siècles ont marché, et que les idées ont grandi, à présent que Versailles lui-même est abandonné et que Paris est la résidence des souverains comme il en est la capitale, Saint-Germain a démérité sous bien des rapports, mais il y a une chose qu'il a conservé et conservera toujours, parce que la nature est éternelle, c'est sa situation exceptionnelle, unique au monde ; des lieues et des lieues d'un pays boisé, légèrement accidenté, s'étendant à perte de vue ; des villages, des hameaux, des villes qui en diversifient l'étendue ; des constructions mo- numentales, allongeant leurs longues lignes coupées à angles droits, et faisant contraste avec l'indécision habituelle aux lignes présentées par les forêts ; tout cela vu de haut, de très-haut, et embrassé d'un seul regard ; à vos pieds un grand fleuve avec sa courbe allanguie ; et au-dessus un ciel immense. Voilà l'aspect du beau pays où se dresse le vieux château royal. Cette vue d'ensemble qui ravit le spectateur, ne suffit pas à son admiration, il revient peu à peu de son saisissement et analyse un à un les différents détails de ce site merveilleux. Qui dira les richesses enfermées dans cet écrin, les trésors déployés par la nature ? Il y faudrait les pinceaux des plus fameux coloristes ou la plume de ces brillants écrivains qui ont créé pour ainsi dire un art nouveau en enrichissant notre littérature de ce don de décrire, de ce don de faire voir qui semblait réservé à la peinture. Un d'eux, et non pas un des moindres, assurément, a consacré à Saint-Germain, au paysage et au château qui nous occupent, un de ses écrits les plus estimés, et il y a semé à profusion les descriptions et les tableaux. En particulier pour la vue exceptionnelle, unique au monde, aperçue du haut de la terrasse, il a tracé une de ces pages qui dépassent peut-être en certains endroits, à force de richesse et d'éclat, les réalités de la nature, mais ne leur sont jamais inférieures. Nous empruntons à cet écrivain (M. Léon Gozlan) cette page insérée dans son curieux roman le *Médecin du Pecq*. Le moment choisi par l'auteur est un des plus favorables au but qu'il se proposait, c'est la saison d'automne avec ses tons si doux et si riches, et l'heure du jour où il la présente est celle où la lumière, déjà affaiblie, ne tardera pas à s'éteindre et cédera la place au crépuscule. Voici les paroles du romancier :

« Le soir qui venait, répandait un brouillard jaune sur la campagne ; une partie du château, par la singularité de sa construction, était violette et l'autre partie enflammée ; ses angles de brique, dans cet air onctueusement claré, s'émoussaient et passaient en s'amaigrissant à l'état indécis d'une silhouette ; le balcon de fer filait comme un ruban noir autour de la grande masse rougeâtre, et chaque croisée s'effaçait derrière l'épaisseur des murs comme pour dormir ; les adossements de la forêt à la marge de la terrasse conservaient seuls encore quelque forme arrêtée et liseraient la promenade de bandes vaporeuses.

» La vaste campagne, qui part du pied de la terrasse de Saint-Germain et se prolonge sous un horizon illimité sans obstacle de nulle part, était brisée au milieu au tremblement des coups de faux du soleil. Il illuminait de sa nappe de feu le château de Maisons, dont il laissait bleuir le toit d'ardoises sous le ciel, le Mesnil, Vaux, Carrières-sous-Bois, le Belloi, le Pecq, le château et la ville de Saint-Germain, le Port-Marly, étroite coupe où s'est dissoute la perle la plus pure de la fortune monarchique de Louis XIV, qui se ruina pour faire monter une goutte d'eau dans des réservoirs suspendus ; la pompe à feu, l'aqueduc, arc de triomphe élevé à la folie désastreuse de Versailles, construit pour désaltérer les lions de bronze de la demeure du grand roi, l'île de la Loge, Prunai, Louveciennes, échiquier de petits bois, de sable doré et d'eau étamée ; Celle, Bougival, Voisin-le-Bois, la Chaussée, la Jonchère, voie lactée de maisons poétiques ; Rueil où passa Richelieu, où passa Napoléon, où restera toujours le parfum des pêches ; Nanterre, où naquit Sainte-Geneviève, Malmaison, où mourut Joséphine, l'impératrice adorée ; le mont Valérien, autrefois couvent et à présent forteresse, autrefois et à présent remplissant toujours une fonction militaire.

» Chaque heure du jour présente sous un aspect nouveau ce beau développement de terrains, plus peuplé d'élégantes habitations que la vallée de l'Arno. Quand il souffle avec quelque violence, le vent y produit des frémissements et des ondulations comme sur la mer; la forêt fléchit, creuse, se relève de vague en vague et moutonne à la cime. Dans les premières matinées d'automne, on croirait voir les polders de la Hollande; à travers la moelleuse transparence de la fumée végétale, les objets se déplacent, perdent leur physionomie et affectent la confusion incolore d'un rêve, jusqu'au moment où le soleil, lorsqu'il se montre, vient à teindre d'une nuance rouge le fleuve, les baguettes dépouillées, le fouilli de feuilles encore restées aux branches. Alors le paysage entier semble, en sortant du brouillard, s'être transformé en madrépores pourprés, en corail.

» Au delà du fleuve qui coupe cet incommensurable paysage, c'est Herblay, Montigny, La Frette, Cormeil, Sartrouville, Houille, Montesson, le bois du Vésinet, où l'on entendait sonner autrefois, dès le point du jour, le clairon des gardes royales; c'est Croissy, Chatou, Argenteuil, merveilles sur lesquelles Louis XIV ferma la croisée de son château de Saint-Germain, en s'écriant : Là-bas, là-bas, Saint-Denis, le tombeau qui m'attend !

» Mais le soleil a pâli, la terre disparaît; elle se noie enfin sous une immersion d'ombre, et il ne reste d'apparent que les touffes d'arbres jetées çà et là, que des groupes flottants de villages. Cette tache, plus éloignée, c'est la dentelure de Paris; cette bande blanche, l'Arc de l'Étoile; cette trace lézardée, à gauche, la flèche de Saint-Denis. »

Voilà donc ce qu'est Saint-Germain au xixᵉ siècle; le voilà bien tel qu'il existe. Le romancier est fidèle et n'a rien inventé; mais qu'était-il il y a huit cents ans, quand pour la première fois on songea à bâtir le château? Cela est assez facile à conjecturer. Supprimez ce que les hommes ont fait, c'est-à-dire ces nombreux villages épars dans la campagne et sur les rives de la Seine, ces châteaux, ces villes élevées récemment; supprimez aussi les maisons même de Saint-Germain, que vous restera-t-il? A vos pieds le cours du fleuve déjà serré entre les bois, puis, au delà, vers Paris, les bois du Vésinet; plus loin des collines se perdant sous les bois, et derrière vous, des bois immenses ou plutôt des forêts, occupant partout l'horizon. On bâtit des maisons, mais on abat des arbres : voilà, en deux mots, l'histoire de l'humanité dans ses rapports avec la nature. Replantez donc ces champs cultivés et ces espaces occupés par les maisons, conservez la largeur des aspects et étendez sur tout cela une lumière splendide, vous aurez l'idée la plus vraie du Saint-Germain antique, de celui qui captiva nos ancêtres il y a huit cents ans. Pour tout dire, en un mot, Saint-Germain était situé dans une immense forêt coupée en deux par un grand fleuve : de là son nom de Saint-Germain en Laye.

Laya, ledia ou *lida*, telle est la traduction latine du mot *Laye* que nous avons souligné. *Laya*, en celtique, est une forêt ou plutôt une portion de bois dont on a circonscrit l'étendue, facilité le parcours et l'exploitation en marquant certains arbres et en ouvrant des sentiers. La Laye de Saint-Germain avait une assez vaste étendue, puisque, d'après les registres de l'abbé Irmion, le monastère de Saint-Germain des Prés y possédait, au temps de Charlemagne, un ensemble de trois lieues de bois.

II.

Qui occupa le premier la forêt de Saint-Germain et y bâtit une demeure ? L'abbé Lebeuf, dans sa savante *Histoire du diocèse de Paris*, publiée en 1757, assure qu'au commencement du xiᵉ siècle, le roi Robert, de pieuse mémoire, fit construire, sur un emplacement voisin du château actuel, un monastère et une église sous l'invocation de saint Germain. Environ cent ans après, dans une donation de Louis VI à ce prieuré, il est fait mention, pour la première fois, d'un château royal. Il aurait été érigé à l'endroit même où se trouve à présent celui qui fait l'objet de cette monographie. Il avait donjon, chapelle, fossés, enceinte crénelée. Philippe-Auguste y habitait en 1189, 1207, 1212, 1219 et enfin en 1220 et 1222. Louis IX y venait souvent aussi : ce roi amoureux des déserts (il nommait ainsi les forêts) se plaisait dans ces bois sans fin où ses prédécesseurs avaient cherché avant tout les plaisirs de la chasse. Sa pieuse et tendre imagination y trouvait les pensées et les sentiments qui l'ont élevé si haut dans l'estime des hommes et qui l'ont fait admirer des philosophes après l'avoir fait canoniser par l'Église. Il laissa dans le château une merveilleuse trace de son passage et elle est en accord avec le caractère particulier qui le distingue entre les rois de France. On parle souvent de la Sainte-Chapelle du Palais, élevée à Paris par le saint roi, mais on doit citer aussi, et surtout, la chapelle de Saint-Germain élevée par Louis IX avant qu'il fût question de celle de la Cité. Dans la partie descriptive de cette monographie, nous donnerons de plus amples détails sur ce délicieux édifice, un des joyaux de l'architecture gothique; et pour que les paroles ne soient pas trop inférieures à la dignité du sujet, nous aurons soin d'emprunter à un des hommes les plus compétents, M. E. Viollet-le-Duc, architecte du gouvernement, les pages si exactes et surtout si judicieuses de son *Dictionnaire d'architecture française*. Pour le moment, nous présenterons seulement quelques lignes jetées en passant dans le courant de notre récit. « A Saint-Germain, dit M. Viollet-le-Duc, parlant de la chapelle, à Saint-Germain tout est clair, se comprend du premier coup d'œil. Le maître de cette œuvre (un anonyme) était sûr de son art, c'était en même temps un homme de goût et un savant de premier ordre. » — « On ne saurait trop, ajoute-t-il, étudier cette chapelle qui nous paraît être un des exemples les plus caractéristiques de l'art du xiiiᵉ siècle au moment de sa splendeur. »

Avec la mention de ce délicieux édifice, commence véritablement l'histoire architecturale du château de Saint-Germain. La chapelle est le morceau le plus ancien des constructions existantes. Après elle, il faut nommer le donjon élevé par Charles V. Le reste des constructions est dû à François Iᵉʳ, et les pavillons qui font, ou plutôt qui faisaient saillie aux angles du château, ont été bâtis sous Louis XIV. Voilà, en quelques lignes, le résumé complet de l'histoire de Saint-Germain au point de vue architectural. Nous allons reprendre en détail ce que nous avons à peine esquissé dans une indication d'ensemble.

Ainsi, du temps de saint Louis, un château existait, et ce château avait une chapelle que le saint roi avait fait bâtir. Un siècle après, en 1346, le château est brûlé, brûlé par les Anglais aux débuts de la période de désastres connue sous le nom de guerre de Cent ans. La chapelle échappe à l'incendie et demeure debout au milieu des ruines amoncelées. Vingt ans après, c'est-à-dire en 1366, Charles V rebâtit le château et dès lors y séjourne habituellement. Charles VI lui succède, Charles le fou après Charles le Sage, et l'on sait ce que nos éternels rivaux, les Anglais, aidés des Bourguignons, ont entrepris et obtenu pendant son interrègne. Le malheureux roi et sa femme Isabeau, la Messaline française, se trouvaient à Saint-Germain en 1386 et 1390. Le connétable de Clisson fut au moment d'y périr, en 1391, sous les coups d'assassins dirigés par Pierre de Craon. Henri V, roi d'Angleterre, le vainqueur d'Azincourt, s'empara, en 1419, du fort de Meulan et du château de Saint-Germain ; mais bientôt, sous le règne de Charles VII, les Anglais furent chassés de Saint-Germain et de toute la France. Chose bizarre ! comme par manière de compensation, si le défunt roi de France avait été fou, le roi d'Angleterre, alors, était imbécile.

Après ces morts diversement célèbres, nous ne voyons guère ce qu'on pouvait nommer en fait de grands personnages ayant attaché leur nom à l'histoire de ce château, avant d'arriver au monarque dont le souvenir est lié le plus étroitement à ses destinées, c'est-à-dire au roi François Iᵉʳ, à moins qu'il n'y ait intérêt à citer Louis XI et à mentionner la donation faite au médecin Jacques Coictier, en septembre 1482, des places, châteaux, prévôté et seigneurie de Saint-Germain en Laye et de Triel. — Coictier, successeur de saint Louis et de Charles V, cela criait vengeance! Aussi la vengeance ne se fit pas attendre. Sous le jeune Charles VIII, prince facile et encore sans volonté, un arrêt du Parlement dépouilla le nouveau maître après la mort de son bienfaiteur.

III.

Arrivons enfin à François Iᵉʳ dont le règne fut si important pour les destinées de Saint-Germain. On peut le regarder comme le véritable créateur du château, auquel il donna une grande extension afin d'y loger la cour brillante dont il se plut à s'entourer. Voici ce que dit, à ce sujet, un des contemporains de ce grand monarque, Audrouet du Cerceau, dans le premier volume de son célèbre ouvrage : « *Les plus excellents bâtiments de France*, édition de 1576. »

« Ce bâtiment est assis sur un lieu assez hault eslevé, prochain de la rivière de Seine,
» à cinq lieues de Paris. Cette place a été tenue par les Anglois durât leur séjour en
» France. Depuis, eux estant dechassez, elle demeura quelque temps sans entretien. Or,
» est-il advenu que le Roy François premier trouvât ce lieu plaisant, feit abbattre le
» vieil bastiment, sans toucher neantmoins au fondement sur lequel il fist redresser le
» tout côme on le voit pour le jourd'huy, et sans rien changer du dit fondement, ainsi
» que l'on peut cognoistre par la court d'une assez sauvage quadrature (1). Ses pare-

(1) Ainsi, le château que nous voyons à présent comprendrait avant tout les anciennes fondations, puis la chapelle de saint Louis, le donjon de Charles V, et enfin les constructions de François Iᵉʳ, complétées et réparées par celles de Louis XIV.

» mens, tant dedans que dehors, et encougnures, sont de brique assez bien accoustrée :
» et y estoit ledit sieur Roy en le bastissant si entêtif, que l'on peult presque dire qu'autre
» que lui en fust l'architecte. En aucuns corps de ce logis y a quatre estages. En celui
» de l'entrée y en a deux, dont le deuxième est une grande salle. Les derniers estages
» sont voultez, chose grandement à considérer à cause de la largeur des membres. Vray
» est, qu'à chascun môtant y a une grosse barre de fer traversant de l'un à l'autre, avec
» gros crampons par dehors tenant lesdites voultes et murailles liées ensemble, et fer-
» mes. Sur ces voultes et par tout le dessus du circuit du bastimêt est une terrace de
» pierre de liais, qui fait la couverture, lesquelles portant les unes sur les autres, et
» descendant de degré en degré, commencent du milieu du hault de la voulte un peu en
» pente jusques à couvrir les murailles. Et est ceste terrace, à ce que je croy, la pre-
» mière de l'Europe pour sa façon, et chose digne d'estre veuë et considérée. »

Nous allons compléter cette citation de du Cerceau par des indications empruntées à
un des hommes les plus compétents en cette matière, à l'architecte même du château
de Saint-Germain qui en a fait une étude approfondie et a été chargé par le gouvernement de restaurer et de rétablir dans ses anciennes dispositions ce magnifique édifice
si important pour l'histoire de l'art et si précieux à cause des souvenirs qui s'y ratta-
chent. Nous voulons parler de M. Eugène Millet, dont le rapport, adressé au ministre
d'État, en février 1862, sur l'état actuel du château, sur les additions successives apportées par les différents rois de France, et sur les deux systèmes de restauration à entreprendre, est un modèle de discussion architecturale à la fois sobre, élégante, concise,
pleine de faits, pleine de raison. Voici les paroles de M. Millet :

« Nous devons peut-être rappeler ici l'âge des diverses parties du château actuel.

» La chapelle, sise au midi, bordant le fossé de la rue du Château Neuf, remonte
assurément au xiii⁰ siècle, a appartenu certainement au château de saint Louis et nous
paraît avoir été érigée de 1230 à 1240.

» Le *donjon*, qui formait jadis l'angle nord-ouest engagé actuellement dans le bâtiment de Louis XIV, nous paraît remonter à l'époque de Charles V, appartenir à l'art de
la fin du xiv⁰ siècle, et avoir fait partie alors du château construit par ce roi à Saint-
Germain.

» Les quatre grands corps de logis bordant la cour appartiennent assurément au château construit par François Ier et remontent alors au xvi⁰ siècle.

» Enfin, les cinq gros pavillons flanquant le château ont été commencés en l'année 1682,
à l'époque où le roi Louis XIV quittait définitivement Saint-Germain pour se fixer à
Versailles.

» Toutes les constructions érigées par François Ier auraient été confiées à la direction
de l'architecte Sebastien Serlio, si nous en croyons Félibien. Nous ne savons si cette
assertion est fondée; car dans notre pays, bien souvent on fait honneur à des Italiens
de magnifiques ouvrages qui sont l'œuvre d'artistes français. Au xvi⁰ siècle nous abritions
nos bâtiments par de grands combles, et, à Saint-Germain, on couronnait tout l'édifice
par des balustrades et par des terrasses de pierre. A cette époque, nous savions à mer-

veille construire de grandes voûtes, à une grande hauteur, sans le secours de ferrailles ;
à Saint-Germain, on se crut obligé, pour maintenir les murailles, de placer des entraits
de fer à la naissance des voûtes supportant les terrasses. La construction, dans son
ensemble, nous paraît accuser une certaine ignorance de notre art national, de notre
climat destructeur et aussi de l'emploi de nos matériaux de petite dimension. Les arran-
gements et motifs de décoration du château de Saint-Germain en Laye sont originaux,
exceptionnels peut-être, et il serait alors difficile de nier l'influence des artistes étran-
gers, soit de Primatice, soit de Serlio, en ce qui concerne l'importante construction qui
nous occupe.

» Les artistes du xvie siècle, en érigeant le château de Saint-Germain, avaient en vue
certainement de disposer le tout de façon à laisser jouir, de toutes les croisées, du splendide panorama qui se développe tout autour de la demeure, et les pavillons des angles
A B C D établis par eux ne formaient aucune saillie alors sur les corps de logis principaux (voy. fig. 1 et 2). Tous les bâtiments avaient été couverts par une énorme terrasse

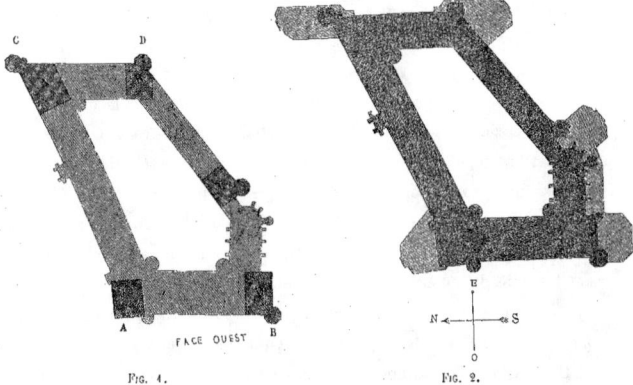

FIG. 1.   FIG. 2.

formant une très-agréable promenade au sommet de l'édifice. Ils avaient su, fort adroi-
tement nous croyons, relier l'élégante chapelle à leurs constructions, sans fermer la
croisée centrale sise derrière l'autel. Ces artistes avaient su enfin créer à Saint-Germain
une demeure vraiment royale, tout en conservant la chapelle de saint Louis et la tour
de Charles V, et aussi tout en satisfaisant de la façon la plus complète au programme
adopté par François Ier. »

Dans le passage emprunté à du Cerceau nous trouvons encore ceci :

« Ledit bâtiment est accompli de ses fossés régnants autour, de huit toises de large,
dans lesquels est un jeu de paume. A l'entrée est la basse-cour, fermée partie de clôtures
et corps de logis bien simples, et en icelle une fontaine. »

Voilà pour François Ier ; — puis du Cerceau passe à son successeur, le roi Henri II,
et continue en ces termes :

«Après la mort dudit roi François vint à régner Henri deuxième, son fils, lequel pareillement aima le lieu. Ainsi, ce roi, pour l'amplifier de beautés et de commodités, fist commencer un édifice joignant la rivière de Seine avec une terrasse qui a son regard sur ladite rivière et le château. »

Henri II était né à Saint-Germain, le 31 mars 1518 ; Madeleine de France y naquit en 1520 ; Charles III, duc d'Orléans, le 22 janvier 1522 ; Marguerite de France, duchesse de Savoie, le 5 juin 1523. Ajoutons, pour ne rien omettre, que François Ier, alors duc d'Angoulème, y avait épousé Madame Claude de France, fille de Louis XII, et qu'en l'année 1527, Henri d'Albret, roi de Navarre, y épousa Marguerite de Valois, sœur de François Ier.

Après cette nomenclature de naissances et de mariages princiers, nous mentionnerons pour mémoire un des événements les plus connus du règne de Henri II, arrivé à Saint-Germain, le duel de Jarnac et de la Chataigneraie, en ajoutant deux particularités communément ignorées ; d'abord ce *fameux coup de Jarnac*, passé en locution proverbiale, n'est pas du tout, comme on se le figure généralement, un coup de traître, mais un coup loyal usité à cette époque ; il consistait à frapper son adversaire au nerf du jarret pour le réduire à l'immobilité, chose essentielle à un moment où l'art de l'escrime consistait en grande partie en voltiges et en bonds vigoureux. La seconde particularité est celle-ci : celui qui était provoqué en duel avait le droit formellement établi par l'édit de 1307 d'exiger de son adversaire la présentation de toutes les armes dont la fantaisie lui passait par la tête, et cela en nombre illimité. Il lui imposait ainsi des dépenses incalculables pour chevaux, harnais de guerre, armes à pied et à cheval. Même au moment du combat, le provoqué pouvait changer sa liste. Cela avait lieu afin de dérouter et gêner un adversaire qui, ignorant les armes dont on ferait usage en champ clos, n'aurait pas eu le temps d'étudier la manière de s'en servir.

Après ces courts détails, nous omettons les règnes de François II, Charles IX et Henri III, absolument nuls au point de vue qui nous occupe, et nous nous hâtons d'arriver à Henri IV dont le goût pour les arts a eu la plus grande influence sur les destinées de Saint-Germain.

IV.

Pour le commun des lecteurs, Henri IV est un roi batailleur représenté sur un cheval de guerre, l'armure à la poitrine et l'épée à la main. Voilà le Henri IV de l'imagination populaire. Il fut bien autre chose. Au point de vue qui nous occupe, il comprit les devoirs d'un souverain et il favorisa largement les arts de la paix. Son nom et celui de Fontainebleau sont liés étroitement. La chapelle de la Trinité, la porte Dauphine et le portique de la cour des Fontaines ont été bâtis sous son règne. Il eut le premier l'idée que nous avons vu réaliser de nos jours, de réunir le palais du Louvre à celui des Tuileries ; il commença enfin les vastes constructions qui entourent la Place-Royale. Mais ce qui surtout recommande ce monarque à l'attention des savants et des artistes, c'est le beau château neuf qu'il fit élever à Saint-Germain. Le vieux château de François Ier offrait l'aspect d'une forteresse, Henri voulut avoir une demeure plus moderne. Un de ses prédécesseurs, Henri II, avait fait commencer des constructions à l'extrémité supérieure de la colline, au bord même de la Seine, situation bien préférable à celle de l'ancien château d'où la vue n'était pas à beaucoup près aussi belle. Mais ces constructions ne furent probablement pas continuées, car le château bâti par Henri IV, quoique dans la même position, fut élevé sur un plan différent. Il s'étendait parallèlement à la Seine sur un plateau dont le niveau, au-dessus du fleuve, se trouvait au moins à 65 mètres, et sur lequel on arrivait par des rampes et des escaliers à plusieurs étages ménagés dans une série de jardins prolongés jusqu'auprès des berges. (Voy. fig. 3 les plans d'ensemble du château neuf et de l'ancien château à l'échelle de 0^m,015 pour 100 mètres) (1). Le tout était soutenu par des maçonneries fort coûteuses. On peut définir d'un mot cet ensemble de constructions : c'était une suite de terrasses soutenues par des arcades; et au-dessus, bien haut, offrant un coup d'œil admirable pour les spectateurs placés au bord du fleuve, ou au loin, dans les bois du Vésinet, se dressait la façade du château avec ses quatre pavillons, deux au milieu, deux aux extrémités reliées par des galeries dont les baies en arcade formaient un tout harmonieux avec les baies cintrées qui supportaient les terrasses. (Voy. fig. 4 l'ensemble de la façade du château neuf, réduite d'après la gravure de Sylvestre.)

L'entrée était du côté du vieux château dont elle se trouvait séparée par une pelouse de 400 mètres que traversait une chaussée pavée. Les appartements donnaient sur la Seine : douze colonnes d'ordre toscan ornaient la porte principale surmontée des armes de France et de Navarre avec cette devise : « Deo protegit unus. » La grande cour de forme hexagonale était flanquée de deux autres cours. Dans le château proprement dit se voyaient, à droite, les appartements de la reine; à gauche, ceux du roi : aux deux extrémités régnaient des galeries décorées de peintures.

L'architecte Marchand construisit le château neuf de Saint-Germain : le Florentin Francini, ingénieur, appelé d'Italie par Henri IV et Marie de Médicis, avait fait les ornements placés sous les terrasses. Ces ornements étaient fort curieux à en juger par les descriptions des contemporains. Voici celle d'André Duchesne, qui publia, vers 1610, des recherches sur les villes et châteaux de France.

« L'escalier, qui est à l'entrée, où sont gravées les images d'Hercule et d'un lyon, les fontaines, les petits ruisseaux frais et argentins qui coulent au fond des petits vallons pour rafraîchir les plantes et les fleurs des parterres et compartiments des jardins y sont admirables, mais, sur tout cela, les grottes....

» Les anciens avaient ignoré l'industrie de faire eslever et remonter les eaux plus haut que leur source, et nous et les nôtres fussions demeurés dans cette ignorance sans l'ingénieuse et hardie invention de Claude de Maconnis, président des finances en la

<hr/>

(1) Ce plan général des deux châteaux est réduit d'après le grand plan topographique d'Israël Sylvestre. Les toises, par exemple, ont dû être traduites en mètres. En A est le vieux château, et en B, le château neuf de Henri IV.

Nous devons la réduction de ce plan à l'obligeance de M. Millet ainsi que la plupart des dessins qui composent cette monographie. La précieuse collaboration de l'architecte même de Saint-Germain doit être pour le lecteur une garantie de plus de fidélité et d'exactitude.

généralité de Lyon, qui le premier en a fait preuve avec admiration, premièrement aux fontaines de ce nouveau château de Saint-Germain en Laye.

» Par le moyen de cette élévation et à la faveur des secrets ressorts de ces eaux remontantes, l'industrie humaine nous y fait voir aujourd'hui de belles et rares pièces dans les grottes tant hautes que basses. Et premièrement, quant aux autres, elles sont si artistement pavées et encaustrées partout de divers rangs de coquillages d'huîtres et de

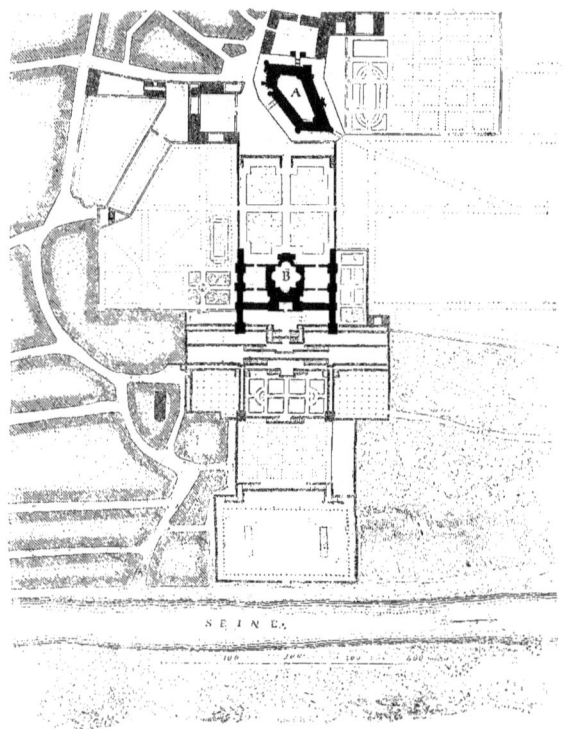

FIG. 3.

moules, que l'assemblée des regardants se sent plutôt mouillée qu'elle ne s'aperçoit d'où peut procéder l'accident. — Dedans la première est une table de marbre où, par l'art d'un entonnoir, s'élèvent en l'air des coupes, verres et autres vaisseaux bien formés de la seule matière de l'eau. Près de là, une nymphe eslevée à demy-bosse en face riante, belle et de bonne grâce, qui laissoit emporter ses doigts au branle que lui donne l'eau, fait jouer des orgues, je dis de ces instruments organiques qui furent premièrement en

usage aux églises de France sous Loys le Débonnaire fils de notre grand Charles. Il y a
un Mercure, près la fenestre, qui a un pied en l'air, et l'autre, planté sur un appui, sonnant et entonnant hautement une trompette. Le coucou s'y fait entendre et reconnaître
à son chant. Sortant de là pour entrer en l'autre partie, se rencontre un fier Dragon,
lequel bat des aisles avec une grande véhémence et vomit violemment de grands
bouillons d'eau par la gueule. Dragon, accompagné de divers petits oisillons, que vray-
ment l'on diroit non pas peints et contrefaits, mais vivants et branlant l'aile, qui font
retentir l'air de mille sortes de ramages, et surtout les rossignols y mussiquent à l'envy
et à plusieurs chœurs.

» On voit, de l'autre côté, un bassin de fontaine enrichy de mille petits animaux
marins, les uns en coque, les autres en escaille, les autres en peau, tous entortillés par
le reply des vagues et des flots courbés et entassés l'un sur l'autre : et semble à voir ces
troupes escaillées que ce soit un triomphe marin. Sur l'une des faces entre ces petits

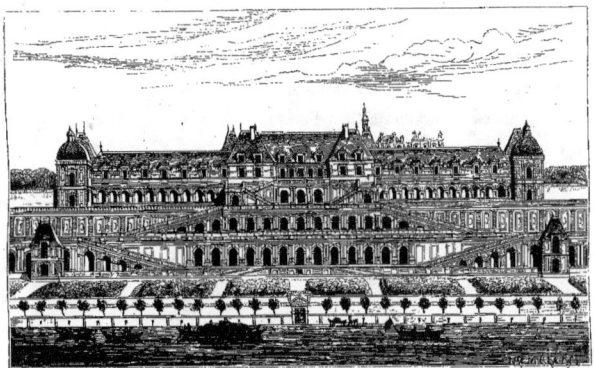

FIG. 4.

animaux, s'eslèvent deux Tritons par dessus les autres, qui embouchent leurs coques
tortillées et abouties en pointe, mouchetées de taches de couleur, aspres et grumeleuses
en quelques endroits. Ils ont la queue de poisson large et ouverte sur le bas. Au son des
conques s'avance un roi assis en majesté sur un char, couronné d'une couronne de joncs
mollets meslés de grandes et larges feuilles qui se trouvent sur les grèves de la mer. Il
porte la barbe longue et hérissée de couleur bleue, et semble qu'une infinité de ruisseaux
distillent de ses moustaches allongées et cordonnées dessus ses lèvres et de celles de ses
cheveux. Il tient, de la main dextre, une fourche à trois pointes; de l'autre, il guide et
conduit ses chevaux marins galopant à bouche ouverte, ayant les pieds déchiquetés et
découpés menu comme les nageoires de poisson; ils ont la queue tortillée comme serpent.
Les roues de ce char sont faictes de rames et d'avirons assemblés pour fendre et couper
la tourmente et l'épaisseur des flots comme à coups de ciseau. De l'autre face sont des

maréchaux en leurs habits de forgerons, la face noire de crasse et de suye, lesquels battent du fer sur une enclume à grands coups de marteau. Si c'étoient des cyclopes, je dirois qu'ils forgeroient des armes à notre grand Henri, comme ils en ont forgé chez les poëtes au vaillant Achille et au pieux Énée. Et ce qui est de plus plaisant et qui semble fait pour rire, c'est l'eau qui se lance à si gros bouillons contre ceux qui se tiennent aux fenêtres, qu'en un moment ils sont tout mouillés.

» Au-dessous et un peu plus bas, se voit une autre grotte, que vous diriez d'un rocher ridé, caverneux et calfeutré de mousse épaisse et délicate, comme s'il eût été tapissé de quelque fin coton. Là vous voyez les bestes, les oyseaux et les arbres s'approcher d'Orphée touchant les cordes de sa lyre, les bêtes allonger les flancs et la tête, les oiseaux trémousser les ailes et les arbres se mouvoir pour entendre l'harmonie de ce divin chantre. Là est un Bacchus assis sur un tonneau, tenant une coupe en main. Là sont des déesses admirables en forme de demi-colosses, et plusieurs autres pièces merveilleuses que je laisse pour la curiosité de ceux qui voudront en contenter leurs yeux.

» Au lieu où est le rocher, plus haut et tout devant le château, vous remarquez une belle et admirable fontaine qui, surgissant à gros bouillons, se divise en plusieurs tuyaux qui serpentent et arrosent non-seulement les jardins, mais aussi fournissent d'eau à toutes ces petites merveilles artificielles.» (Voyez, fig. 5, une vue de la grotte d'Orphée, d'après une gravure du temps.) (1).

André Duchesne nous a avertis qu'il omettait certains détails. L'auteur des *Délices de la France*, après avoir reproduit ceux qu'il avait donnés, s'exprime en ces termes :

« Il y avait une grotte où étaient représentés le paradis, l'enfer, la mer, des navires de guerre, les quatre éléments, le château de Saint-Germain, le roi, les princes et toute la cour. Il est impossible de le croire ; M. le dauphin paraît aussi avec des anges qui descendent du ciel. Cet ouvrage est si bien fait qu'on l'estime un miracle de l'art. On y remarque encore un Neptune, un Mercure, un Jupiter et beaucoup d'autres belles choses qui surpassent infiniment l'attente et la croyance des hommes. On y voit surtout la représentation des quatre vertus cardinales, en marbre blanc, qui ont appartenu autrefois aux pères jésuites. »

Voilà déjà bien des détails, et ils nous donnent une idée merveilleuse du beau séjour créé par Henri IV. Ces splendeurs sont évanouies; le temps a passé, un temps bien court et elles ne sont plus. Éternel regret pour les amis des arts ; des descriptions confuses à force de détails, voilà les seuls documents auxquels on puisse se prendre afin de ressusciter par l'imagination les enchantements d'un siècle entier; et encore ces descriptions n'ont jamais le mot qui peint, l'expression vivante qui d'un trait net, élégant ou fier, vous met l'objet sous les yeux. Mais quelle que soit leur infériorité, nous devons les recueillir avec un soin jaloux, les coordonner, les compléter les unes par les autres, et ajouter à leur ensemble ce que les contemporains ont pu dire en passant. Aussi, fidèles

(1) Nous devons à l'obligeance de M. de Breuvery, maire de Saint-Germain en Laye, de pouvoir montrer, par un fac simile réduit, cette précieuse et rare gravure qui appartient à M. Napoléon Laurent. Ce dernier est possesseur d'une précieuse collection de pièces rares sur Saint-Germain en Laye.

à cette ligne de conduite qui est à la fois une satisfaction pour nos goûts particuliers et l'accomplissement d'un devoir envers nos lecteurs, nous empruntons à un auteur du temps, qui écrivait en 1644, l'auteur de l'*Espion turc*, le dernier document que nous ayons à citer; il résumera les détails énumérés plus haut, les présentera sous un nouveau jour et nous en apprendra qui ne sont pas à dédaigner.

« Permets moi, illustre Kaïmakan, de te dire que les jardins de tous les rois de l'Orient n'approchent pas de la beauté de ceux de ce palais. Les princes chrétiens sont fort ingénieux à inventer des plaisirs, et ils font en sorte que tous les éléments contribuent à leurs

Fig. 5.

divertissements. Tu as souvent vu les feux d'artifice que l'on tire à Constantinople les jours de nos fêtes, mais tu n'as jamais vu des jets d'eau comme ceux qu'on voit tous les jours dans les jardins de ce palais. Là, par la simple force de ce liquide élément, on fait jouer des instruments de musique, qui composent une harmonie qui n'est guère inférieure aux meilleurs concerts, et qui relève de beaucoup le plaisir qu'on prend de voir jouer ces musiciens apparents et de sentir qu'ils appuient les doigts sur les clefs des orgues, sur les cordes des violes et des luths, avec la même justesse que s'ils étaient des personnes vivantes. On y voit toutes sortes de métiers exercés par des statues qui font tout avec justesse, et qui le font avec une extrême rapidité, tant que l'eau leur donne le mouvement ; mais d'abord qu'elle ne les fait plus agir, elles retournent incontinent à leur première immobilité. On passe de là à une mer feinte où l'on voit des tritons en mouvement sur des dauphins et sonnant de leurs trompettes de coquilles devant Neptune qui est tiré dans son chariot par quatre tortues. Des statues sont aussi l'histoire d'Andromède et de Persée. Mais la pièce la plus curieuse et la plus ingénieuse est un Orphée qui joue de la viole pendant que les arbres se meuvent et que les bêtes dansent autour de lui. Cet ouvrage est si riche et si précieux, qu'un des inspecteurs des jets d'eau m'a dit qu'une corde de la viole d'Orphée s'étant rompue, il en avait coûté trois cents écus à Louis XIII pour la faire raccommoder. »

V.

On peut juger par ses diverses descriptions si le fondateur du château neuf de Saint-Germain devait se plaire dans sa nouvelle demeure. Les mémoires du temps nous rappellent, en effet, qu'il se rendait souvent dans cette résidence élevée, a-t-on dit, pour la belle Gabrielle.

Il en fut ainsi également de son fils Louis XIII. Dauphin, il y passa la plus grande partie de son enfance : pendant son règne il y vint rarement ; il le quitta peu pendant les dernières années de sa vie, et enfin, il y mourut le 14 mai 1643.

Louis XIV y naquit le 5 septembre 1638. Contrairement à la tradition populaire qui assigne pour endroit où il vint au monde la partie du château encore existante et connue sous le nom de pavillon de Henri IV, nous dirons qu'il fut seulement ondoyé dans cet endroit qui alors était une chapelle, et le baptême eut lieu dans celle du vieux château, quelques jours avant la mort de son père. Aussitôt Louis XIII expiré, le dauphin fut proclamé roi avec le cérémonial usité à cette époque : il était âgé de quatre ans et huit mois. Cet événement eut lieu dans le château neuf. Tous ces détails sont empruntés à la meilleure des sources en pareille matière, c'est-à-dire aux registres de la paroisse de Saint-Germain, qui avait droit de juridiction sur la résidence royale, et qui devait relater dans ses archives tous les faits de religion accomplis sur son territoire.

Louis XIV avait passé au château neuf les premières années de son enfance, les troubles de la régence l'obligèrent à l'abandonner. Abandonner est vraiment le mot à employer, le mobilier lui-même ne s'y trouvait plus, à en juger par cette nuit fameuse où, pendant les troubles de la Fronde, la reine Anne d'Autriche échappa à la population parisienne, emmenant avec elle le jeune roi son fils. Quand elle arriva dans le château il n'y avait pas même de quoi y coucher : on dut apporter trois lits, et l'on répandit de la paille dans les chambres pour qu'il fût possible à la cour d'y passer la nuit.

Pendant cette période orageuse, Henriette d'Angleterre, réfugiée en France, eut le château neuf pour maison de campagne. Le jeune roi y data, en 1649, des lettres de protection accordées aux Maronites. Quand il venait à Saint-Germain, il logeait tantôt dans l'une, tantôt dans l'autre de ces deux résidences, comme on peut s'en assurer, en consultant les registres de la paroisse, où les allées et venues de Sa Majesté, dans leurs rapports avec ce territoire, sont soigneusement enregistrées.

Arriva enfin le moment où le château neuf fut entièrement déserté et où Louis XIV établit sa cour dans le vieux château. Cet abandon tient sans doute au peu de solidité de la demeure de Henri IV, solidité compromise par la façon hâtive dont le palais avait été bâti, et compromise également par la nature du terrain qui allait toujours en pente et en pente rapide vers les bords de la Seine. Les murailles se lézardaient. En 1649, on vit s'écrouler une des rampes qui reliaient au fleuve la façade occidentale, et elle ne fut relevée qu'en 1660.

Dès lors, le château neuf resta désert, sauf quand le clergé de France y tenait les assemblées quinquennales. En 1682, il y arrêta les bases de ces fameuses libertés gallicanes auxquelles Bossuet a attaché son nom et qui furent homologuées par le roi Louis XIV, ce roi si absolu et si ami de son indépendance, le 20 mars 1683, dans un édit daté de Saint-Germain en Laye.

Nous avons nommé Bossuet en parlant du château neuf, et au sujet des assemblées du clergé gallican. Il faut encore le nommer si nous voulons être complet, et surtout si nous voulons recueillir un des souvenirs les plus intéressants, les plus dignes qui puissent honorer cette résidence.

Dès l'année 1672, Bossuet avait ouvert, dans ce palais, des conférences religieuses auxquelles prenaient part les hommes les plus éminents de son époque, dont quelques-uns sont à présent oubliés — Fénelon, Pélisson, les abbés de Langeron, de Languerne, Renaudot et de la Brosse, la Bruyère, Cardemoy. « On commença, dit M. de Beausset, l'écrivain qui fait autorité pour la vie de l'évêque de Meaux, on commença par la lecture d'Isaïe. On se servit d'un exemplaire de la grande bible de Vitré qui appartenait à Bossuet et dont les marges offraient tout l'espace nécessaire pour recevoir les notes qui devaient être le résultat de ces utiles discussions, et transcrire, au retour de chaque promenade, des notes à la marge, à mesure qu'elles étaient convenues et arrêtées. Ces promenades et ces lectures, continuées pendant une longue suite d'années, produisirent les notes et les commentaires de Bossuet sur les différentes parties de la bible.

» La cour ne tarda pas à être instruite de l'objet de ces savantes réunions. Elle était alors dans tout son éclat (de 1672 à 1679), et c'était sans doute un spectacle extraordinaire de voir au milieu des fêtes et des plaisirs qui se succédaient dans ces lieux enchantés, Bossuet, la Bible à la main, méditant sur des vérités qui ne passent point, à l'ombre de ces belles forêts qui avaient vu tant d'âges et de choses, et qui devaient voir encore tant de vicissitudes et de catastrophes.

» Mais tel était l'esprit du siècle où Bossuet vivait, qu'un contraste qui n'aurait paru que singulier et bizarre un siècle plus tard, offrit à la cour de Louis XIV un spectacle auguste et imposant. Comme le cortège qui accompagnait Bossuet dans ses promenades était en grande partie composé d'ecclésiastiques, une voix s'éleva pour donner le nom de concile à cette respectable société, et cette dénomination lui resta pendant toute la vie de Bossuet. »

5

Après ces beaux souvenirs du grand évêque, souvenirs empreints de la magnificence et de la majesté du grand siècle, il nous faut mentionner les détails que l'on possède sur les dernières années du château neuf. En 1776 il fut donné au comte d'Artois, depuis Charles X, par le roi Louis XVI. Ce prince se proposait de le faire rebâtir sur un plan nouveau. Depuis longtemps différentes parties s'écroulaient; les maçons firent le reste. Mais quand la démolition fut à peu près terminée, arriva la terrible époque où des démolitions bien plus graves furent entreprises et conduites à bien par l'esprit moderne; celles-là, il est vrai, pour déblayer un terrain où s'élevèrent immédiatement des constructions nouvelles. La révolution française éclata et chassa hors de France le possesseur du château neuf. Le palais de Henri IV resta donc à l'état de ruine, ou plutôt il prit rang parmi les choses disparues. A présent on voit seulement des parties de terrasses avec leurs murs de soutènement au-dessus du Pecq et de l'ancienne route montant du chemin de fer, le pavillon dit de Henri IV placé à l'angle de la grande terrasse (1), et quelques autres fragments peu importants disséminés dans des propriétés particulières. Le dernier coup porté à ces débris vint du projet exécuté en 1836, de faire passer à travers leur emplacement, la nouvelle route qui conduit de Paris à Chatou.

VI.

Voilà donc épuisé ce que nous avions à dire sur le château neuf de Saint-Germain. Revenons à présent au vieux château de François Ier, dont l'histoire à peu près nulle entre les commencements du règne de Henri IV et ceux du règne de Louis XIV, à partir de 1660, reprend tout à coup son importance pour la conserver de vicissitude en vicissitude jusqu'au moment où nous écrivons.

Pour la commodité de la mémoire, on peut diviser en trois périodes le temps assez long dont nous avons à parler : d'abord le moment où le château de Saint-Germain sert de résidence à Louis XIV, puis celui où le roi d'Angleterre y tient sa modeste cour, et enfin les années qui ont suivi 1789.

Parlons d'abord de Louis XIV. Il eut et perdit à Saint-Germain plusieurs enfants : Marie-Thérèse de France, née le 3 janvier 1661, morte le 1er mars 1672; Philippe de France, duc d'Anjou, né le 5 août 1668, mort le 10 juillet 1671; Louis-François de France, né le 14 juin 1672, mort le 14 novembre de la même année. Deux enfants naturels qui vécurent plus longtemps, furent donnés au roi, à moins de trois années d'intervalle, l'un par Mlle de la Vallière, l'autre par Mme de Montespan.

« La première (dit M. Émile de Labédollière à qui nous empruntons tous ces détails) pour faire taire la médisance, éviter le scandale et cacher ses amours en les faisant supposer impossibles, avait demandé et obtenu dans le vieux château une chambre que la

---

(1) Ce pavillon de Henri IV est aujourd'hui, singulière destinée, habité par un restaurateur. L'architecture en est simple mais d'un beau caractère, et la brique y joue un rôle important. On peut voir encore dans l'intérieur une des grottes décrites plus haut par André Duchesne. Elle n'est pas, ou sans doute, des mieux conservées, mais elle l'est assez cependant pour étonner encore par son étrange richesse, par sa grande singularité. De tous ces ouvrages en rocailles fort à la mode à cette époque, la grotte de Saint-Germain pouvait passer pour le plus complet et le mieux réussi (voyez *Palais et châteaux de France*, la grotte de Wideville et celle du château de Maison-sur-Seine).

reine devait inévitablement traverser en allant à la chapelle. Dans cette chambre, pour ainsi dire ouverte, vint, dans la nuit du 2 octobre 1667, le terme d'une grossesse qui avait été dissimulée avec soin. Deux dames emportèrent l'enfant qui reçut le nom de Louis de Bourbon, comte de Vermandois. La pauvre accouchée fit dire qu'elle avait été tourmentée de violentes douleurs d'entrailles; afin d'éloigner les soupçons, elle exigea que sa cheminée fût ornée de tubéreuses et autres fleurs dont les parfums passent pour être funestes aux femmes en couche.

» A midi, la reine passa, s'approcha du lit, dit quelques mots affectueux à la malade, et poursuivit sa route sans se douter de rien. Elle avait une jupe garnie de peaux d'Espagne dont l'odeur provoqua, chez La Vallière, les premiers symptômes d'une syncope qui eût pu être mortelle.

» Mᵐᵉ de Montespan mit au monde, le 31 mars 1670, Louis-Auguste de Bourbon, duc du Maine. La Beaumelle, dans le tome Iᵉʳ des *Mémoires de Maintenon*, page 253, rapporte les circonstances émouvantes de cet accouchement. La gouvernante, Mᵐᵉ Scarron, n'avait pas été introduite au château; elle attendait en carrosse dans le petit parc; Lauzun reçut le nouveau-né et, sans prendre le temps de l'emmailloter dans les langes, l'emporta sous son manteau. Il avait à traverser une partie des appartements de la reine, et quelle singulière figure il aurait faite s'il avait été rencontré! »

Louis XIV ne laissa pas seulement à Saint-Germain le souvenir de ses amours, et son séjour dans cette résidence fut signalé par autre chose que l'éclat des fêtes ou la gloire des armes. Tout cela a passé avec le temps où il a vécu et s'adresse avant tout aux érudits et aux curieux des temps écoulés. Mais ce qui doit intéresser les hommes de notre siècle observant d'un œil attentif les objets disséminés autour d'eux et essayant de s'en rendre compte, c'est l'influence de ce puissant monarque sur les choses arrivées jusqu'à nous et composant le patrimoine de l'époque où nous vivons. Cette influence on la voit partout indélébile et vivace. Elle existe aussi au point de vue qui nous occupe, au point de vue purement architectural. Elle se voit en particulier à Saint-Germain. Le château n'est pas tel à présent qu'il était sous Henri IV. A consulter les gravures et les descriptions éditées par les contemporains, on voit de singulières différences (1). Sont-elles un bien, sont-elles un mal? Et à qui faut-il les attribuer? Nous allons l'examiner dans un certain détail.

Déjà Louis XIII avait fait des modifications assez graves et altéré par des additions et des suppressions le caractère profondément gothique de la chapelle de saint Louis. Louis XIV, à son tour, ne montra pas une plus grande intelligence de l'art. Il fit construire, il est vrai, par les soins de Le Nôtre, cette magnifique terrasse de 2400 mètres de longueur sur 35 de largeur, qui aboutit à la grille royale et de tous les points de

---

(1) Voyez la planche III représentant un fac-simile du château de Saint-Germain, d'après une gravure d'Israël Sylvestre. Cette gravure, d'un effet lumineux et puissant, paraît en même temps d'une grande fidélité, comme toutes les œuvres de Sylvestre, du reste, qui est resté dans son genre un modèle inimitable. Elle est intitulée : *Veüe du château de Saint-Germain en Laye, dessigné et gravé par Israël Sylvestre*, 1658.— Deux lourds carrosses du temps se voient au premier plan et tout un peuple de personnages s'agite sur l'immense place du château royal. Nous avons cru que la reproduction de cette précieuse gravure du temps n'était pas inutile au complément de notre travail sur Saint-Germain et devait même ajouter à son intérêt.

laquelle on jouit d'une admirable perspective; il dépensa plus de six millions en travaux de toute nature; il imprima aux appartements du vieil édifice un cachet plus moderne et une salle de spectacle y fut disposée; mais des additions vraiment déplorables vinrent changer le caractère de l'édifice. Nous cédons ici la parole à M. E. Millet, dont l'autorité invoquée plus haut, quand nous avons parlé de François Ier, doit nous mettre à couvert au sujet des critiques adressées à Louis XIV (1).

« Les cinq gros pavillons ajoutés par Louis XIV sont venus déranger toute l'harmonie de cette vieille demeure. Ces bâtiments ne présentent pas le caractère monumental et grandiose des constructions de cette époque (celle de François Ier). L'architecte Mansart, chargé de la direction des ouvrages, s'est borné à donner l'ordre de reproduire tant bien que mal l'architecture du xvie siècle. Les immenses saillies des pavillons privent des vues latérales qu'on avait jadis des croisées du monument et projettent de grandes ombres qui attristent les diverses faces du château. Les constructions de Mansart ont été à peine achevées, et il est des étages entiers qui manquent d'escaliers et dans lesquels on ne parvient que par des degrés étroits ou espèces d'échelles de bois. Les anciens pavillons qui ont été en partie conservés ont été mutilés de la plus triste façon. L'architecture du xvie siècle n'est souvent à Saint-Germain qu'un mensonger placage présentant de fausses baies simulées devant l'ancienne architecture de François Ier. Il est des croisées du xviie siècle qui se trouvent dans la hauteur des reins des voûtes et qui ne permettraient pas l'établissement des carrelages des pièces éclairées par ces croisées. Le pavillon sis au milieu de la façade méridionale, a l'un de ses murs, ayant 30 mètres de hauteur, construit sur la muraille en claire-voie de la chapelle de saint Louis qu'il écrase assurément. La charmante chapelle de Louis IX a été aussi, pendant le xviie siècle, enveloppée dans des bâtiments vers la rue du Château Neuf, et cette élégante construction, visible jadis de l'intérieur du château, est masquée aujourd'hui par des bâtisses qui ne nous paraissent présenter aucun intérêt. »

Dans une note que nous devons encore à son obligeance, M. Millet ajoute : « L'ordre fut donné à Mansart d'augmenter le château de cinq gros pavillons; les bâtisses furent aussitôt commencées : mais on constate de telles négligences dans les constructions qu'on serait tenté de croire que l'architecte était dans le secret de Louis XIV, et que cet artiste savait à merveille que notre vieux château était définitivement abandonné. »

Louis XIV avait-il donc en effet le dessein de quitter à jamais la vieille résidence de ses prédécesseurs et ne faisait-il ces travaux que pour donner le change aux habitants de Saint-Germain (on l'a affirmé du moins) qui avaient réclamé contre un éloignement aussi nuisible aux intérêts de leur cité? On attribue deux motifs à la détermination du monarque. Le jeune roi, donnant un luxe inusité à sa cour, le château fût bientôt insuffisant pour le loger. Un officier l'avertit un jour que le vieux château ne pourrait recevoir toutes les personnes portées sur la liste. « Il faut bien que nous y logions, dit Louis XIV, mon aïeul et mon père y ont bien logé. » — « Voilà de plaisants rois dont vous me parlez, répondit le courtisan. » — Le roi pensa alors à se faire bâtir une rési-

---

(1) Rapport de M. E. Millet, architecte du château de Saint-Germain à Son Exc. le Ministre d'État. Février, 1862.

dence en rapport avec sa grandeur. Tel est le premier motif indiqué par les historiens.

Le deuxième est beaucoup moins acceptable, surtout quand on réfléchit à l'âge du roi, encore suffisamment jeune pour ne pas se laisser aller à de pareilles impressions. On prétend, en effet, que la vue du clocher de Saint-Denis, lui montrant sa future demeure, lui inspirait un certain effroi.

Quoi qu'il en soit de ces deux versions, Saint-Germain fut abandonné pour le palais de Versailles, vers l'année 1680.

VII.

Neuf années après, Louis XIV conduisit lui-même au château de Saint-Germain la reine Marie d'Angleterre, épouse de Jacques II, le dernier des Stuarts qui ait porté la couronne. Elle était venue se réfugier en France, fuyant les armes victorieuses du prince d'Orange qui avait envahi son royaume. A son arrivée au château, le roi lui donna la main, et la conduisit dans l'appartement de la feue reine Marie-Thérèse. Le prince de Galles, son fils, fut établi dans la chambre occupée quelques années auparavant par le duc de Bourgogne. Après le départ du roi, la reine trouva dans son cabinet tout ce que peut désirer la parure la plus recherchée, plusieurs écrins placés dans les armoires et une cassette contenant dix mille pistoles.

Le 7 janvier, Jacques II arrivait à Saint-Germain, où Louis XIV vint l'attendre. Il entra dans la cour à la lueur de nombreux flambeaux. Louis XIV l'attendait à l'entrée de la salle des gardes. Jacques II s'agenouilla devant le monarque français, qui se baissa à son tour, le releva et l'embrassa plusieurs fois. En le quittant, Louis XIV lui dit : « Je ne veux point que vous me conduisiez, vous êtes encore aujourd'hui chez moi. Demain vous viendrez me voir à Versailles, je vous en ferai les honneurs ; vous me les ferez après de Saint-Germain la première fois que je viendrai, et nous vivrons ensuite sans façon. » — Jacques II trouva dans son appartement des effets à son usage, dont il avait grand besoin, et dix mille pistoles, environ cent mille francs.

Jacques II résida à Saint-Germain pendant treize ans et demi. Il y mourut en 1701, et Marie d'Este, sa seconde femme, en 1718.

Nous ne voudrions pas quitter le nom de ce prince sans raconter un épisode arrivé dans la cour du château, épisode qui fait le plus grand honneur à ce roi déchu et à ses fidèles sujets, les gentilshommes écossais. Nous en empruntons le récit à un charmant conteur déjà nommé au début de cette monographie, à M. Léon Gozlan, dans son *Médecin du Pecq*.

« Cent cinquante gentilshommes écossais avaient suivi le roi dans son exil. Entretenus aux frais de Louis XIV, ils allèrent vivre humblement dans quelques villes du nord de la France. Malheureusement les trésors de leur bienfaiteur n'étaient pas aussi inépuisables que sa magnanimité : ses richesses furent taries par mille causes désastreuses, et alors il fallut retirer les pensions aux gentilshommes écossais.

» Jacques II, leur roi, les soutint tant qu'il put ; mais ses ressources étaient si bornées ! Quand on fait l'aumône avec l'aumône qu'on reçoit, on double sa misère sans beaucoup soulager celle d'autrui. L'assistance fut bientôt insuffisante ; les gentilshommes essayèrent alors de prendre des états qui les aidassent à vivre dans l'exil. On vit des Fitz James, des Dillon, manier le rabot et frapper l'enclume, les yeux toujours tournés vers Saint-Germain, où le roi gémissait de leur misère.

» Après avoir vécu du pain de leur sueur, l'idée désespérée leur vint de demander du service dans les armées de Louis XIV. Bons officiers, ils seraient bons soldats ; la peine les avait endurcis. Ils offraient des bras forts, des cœurs éprouvés, des dévouements inflexibles. Humblement ils demandèrent à leur roi la permission d'être simples soldats sous les drapeaux de la France. Au temps de Charles VIII et depuis ce roi, leurs compatriotes n'avaient pas rougi de solliciter de semblables enrôlements. Jacques soupira, et obtint de Louis XIV ce que les gentilshommes écossais désiraient.

» Tristes et heureux, ils se rendirent tous les cent cinquante à Saint-Germain, sous l'uniforme français si inusité pour eux.

» Quand ils eurent nommé eux-mêmes leurs officiers, ils voulurent être passés en revue par leur infortuné roi, qui ignorait jusqu'à quel point ses braves serviteurs auraient mis à exécution leur projet. Un jour qu'il se disposait à aller à la chasse, unique distraction à son vaste ennui, il aperçoit, en traversant la cour du château, un bataillon rangé sur son passage. — Quels sont ces hommes? s'informa le roi. — Sire, ce sont vos braves gentilshommes écossais, venus pour vous dire adieu : ils désirent que vous les passiez en revue et que vous les bénissiez.

» Le roi sentit les larmes lui monter dans les yeux : il se retira dans ses appartements pour contremander la chasse et pour pleurer. Et alors l'air national de l'Écosse retentit sous ses croisées, le vieil air de la guerre, celui qui émeut, qui enflamme, et qu'on n'entend jamais sans se souvenir qu'on a été jeune, qu'on a été brave et qu'on a aimé.

» Le roi descendit dans la cour : il était pâle, ses jambes tremblaient et des larmes ruisselaient le long de l'habit noir qu'il avait revêtu. Il dit à ces braves gens : — Messieurs, mes propres infortunes me touchent moins que les vôtres. Je ne saurais exprimer combien il m'est pénible de voir tant de braves et dignes gentilshommes descendus au rang de simples soldats. S'il plaît jamais à Dieu de me rétablir sur le trône, il est impossible que je puisse oublier vos services et vos souffrances. D'après vos désirs, vous allez entreprendre une longue route : j'ai pris soin que vous soyez pourvus d'argent, de souliers, de bas, et de tout ce qui peut vous être nécessaire. Craignez Dieu, aimez-vous les uns les autres. Faites-moi connaître directement vos besoins, et soyez assurés que vous trouverez toujours en moi votre roi et votre père.

» Ensuite Jacques II passa dans les rangs de ses Écossais, s'arrêta devant chacun d'eux, leur renouvela ses promesses, écrivit leurs noms, salua le drapeau, et les mains étendues sur eux, il s'écria : Partez, mes enfants, votre roi vous bénit.

» Accablé sous l'émotion, Jacques II se retira en silence. Tout à coup il s'arrêta de nouveau : peut-être n'a-t-il pas tout dit à ses bons serviteurs. Il revient sur ses pas, s'incline jusqu'à terre, et de longs torrents de larmes coulent de ses yeux..... Voilà ce qu'il avait à leur dire. — Ses gentilshommes, le cœur brisé, se mirent à genoux et se recueillirent. Ils se relevèrent ensuite, fiers et beaux de leur fierté, et défilèrent une dernière fois devant leur souverain. »

VIII.

Que devint le château de Saint-Germain après la mort de Jacques II et de sa deuxième femme, la reine Marie d'Este ?

Ici les documents sont à peu près nuls : plus de soixante années vont s'écouler sans que nous puissions rien relater d'intéressant. En 1787, nous apprend M. Millet dans un renseignement dû à son obligeance, un sieur Denneberg obtint l'autorisation de donner quelques représentations dans la grande salle du château, et, si nous en croyons MM. Rollet et de Sivry dans leur grand ouvrage sur Saint-Germain, la troupe du sieur Denneberg resta au château jusqu'en l'année 1794 (1).

Jusqu'au moment de la Révolution française, le vieux château de Saint-Germain, bien qu'abandonné par les successeurs de saint Louis, de Charles V, de François Iᵉʳ et de Louis XIV, était encore une résidence royale, et pouvait, suivant les circonstances, recevoir de nobles hôtes. A partir de la Révolution, ses destinées prennent un autre tour ; il descend de plusieurs degrés au point de vue de l'importance, et il est soumis à des vicissitudes dont quelques-unes sont pour lui peu honorables.

Le gouvernement consulaire eut l'idée, non exécutée, d'en faire un hôpital spécial, et publia un arrêté dont voici la partie la plus intéressante, sinon la plus agréable.

Paris, le 21 ventôse an XI.

« Le gouvernement de la République, sur le rapport du Ministre de l'intérieur, arrête :

» ART. 1ᵉʳ. Il sera formé, dans les bâtiments du château de Saint-Germain, département de Seine-et-Oise, un hôpital civil pour le traitement des indigents attaqués d'ulcères, gales, scorbut, et généralement de toute espèce de maladies contagieuses.

(1) Dans ses travaux de restauration, M. Millet a fait, à ce sujet, une découverte assez intéressante. Il avait à réparer, en 1863, tout le carrelage de la salle dite de Mars : sous l'aire, il trouva nombre de fragments d'affiches de spectacle, déposés à cette heure au musée même de Saint-Germain. La plupart de ces affiches étaient en très-mauvais état et indéchiffrables : deux d'entre elles cependant se trouvaient en entier. Elles étaient imprimées, et le spectacle du jour rempli à la main. M. Millet a bien voulu nous les communiquer, et nous n'hésitons pas à les insérer dans notre texte :

| Par permission
de Monseigneur le maréchal de Noailles
les comédiens

donneront aujourd'hui sept mai 1789

le Déserteur, opéra,

précédé du Retour de Clitandre, scène lyrique de M. de Valigny dans laquelle l'auteur remplira le rôle de Clitandre.
— On commencera par les Chasseurs et la laitière.

On prendra 40 sols aux premières loges et orchestre,
24 sols aux secondes et 20 sols au parterre.

On commencera à cinq heures et demie précises.

C'est à la salle des spectacles du château. | Par permission
de Monseigneur le maréchal duc de Noailles
les comédiens

donneront aujourd'hui mardi 24 mai 1789

Les Étourdis ou le Mort supposé, comédie nouvelle en trois actes, suivi de

Blaise et Babet, opéra nouveau
en 2 actes, musique de M. Dezède, en attendant Azémia ou les Sauvages, opéra nouveau, et le Pessimiste ou l'Homme mécontent de tout, comédie nouvelle.

On prendra 40 sols aux premières loges et orchestre,
24 sols aux secondes et 20 sols au parterre.

On commencera à cinq heures et demie précises.

C'est à la salle des spectacles du château. |

Le prix d'abonnement pour les dames est de neuf livres par mois pour douze représentations, celui des hommes est de quinze livres.

» Il y sera fait les dispositions nécessaires pour recevoir environ huit cents lits. »

Comme nous l'avons dit plus haut, il ne fut pas donné suite à ce projet; sous l'Empire, on y installa une école de cavalerie, et la Restauration en fit une caserne pour les gardes du corps.

En 1826, un comte Bozan de Talleyrand écrivait à la *Quotidienne* la lettre suivante, qui se suffit à elle-même pour indiquer les circonstances où elle a paru : il s'agissait de réclamations émanées de la ville de Saint-Germain ; elle se plaignait de voir son château négligé par les successeurs et les héritiers des anciens Bourbons.

« Depuis onze ans, disait le comte Bozan de Talleyrand, le feu roi a donné ordre qu'on emploie annuellement une somme pour parvenir à rétablir cet ancien et respectable monument, berceau de nos rois. Tous les murs extérieurs sont réparés, ainsi que les cheminées, les toits, la cour intérieure, la chapelle parfaitement rétablie. Quant aux grands appartements, on va s'en occuper... Les immenses bienfaits du roi ne permettent pas au ministre de sa maison les sacrifices qui seraient nécessaires pour hâter les travaux, cependant ils avancent... »

Enfin, en 1836, pour dernière déchéance, le vieux château devint un pénitencier militaire contenant cinq cents détenus. C'était tomber bien bas pour une ancienne résidence royale, et surtout pour un château qui avait inscrit dans ses fastes la plupart des noms fameux et des grands souvenirs de l'histoire de France. Un pareil état de choses se prolongea pourtant jusqu'en 1855, époque où le château fut évacué par ses tristes habitants. Il est resté complétement inhabité depuis.

Les diverses destinations de l'édifice et l'aménagement nécessaire à chacune d'elles avaient, on se l'imagine, sensiblement modifié et altéré l'aspect primitif du château. De plus, le défaut d'entretien pendant de longues années, et surtout les travaux maladroits exécutés à plusieurs reprises, en avaient compromis la solidité en divers endroits. Il appartenait au règne de Napoléon III, qui a relevé si haut la gloire de notre pays et qui a déjà commencé et achevé tant d'ouvrages importants, de ne pas abandonner à lui-même un monument aussi intéressant au double point de vue de l'art et de l'histoire. Aussi une restauration complète du château de Saint-Germain fut-elle bientôt décidée par le ministre d'État.

Les travaux qui sont en cours d'exécution ont pour objet de restituer à cette ancienne demeure le caractère imprimé par l'art du xvie siècle. Ils sont confiés, nous l'avons déjà dit, à l'un de nos architectes les plus habiles, à M. Eugène Millet, dont nous avons eu plusieurs fois à invoquer l'autorité dans le courant de notre récit. Dans son rapport adressé au ministre en février 1862 sur l'état du château et des restaurations à opérer, M. Millet s'exprimait ainsi :

« La restauration du château de Saint-Germain pouvait être entreprise de deux façons distinctes. On pouvait réparer tous les bâtiments existants, mais dans ce cas combien de parties très-intéressantes du château seraient sacrifiées?

» Il serait très-facile de rétablir le château dans les conditions anciennes, tel qu'il était à l'époque où Louis XIV quittait Saint-Germain pour fixer sa résidence à Versailles. On serait aidé dans ce travail par les nombreux et anciens fragments conservés, et aussi par les nombreuses gravures de du Cerceau, d'Israël Sylvestre, de Perelle, etc. La chapelle pourrait être restaurée, et l'on pourrait alors remettre en honneur ce magnifique fragment de notre art national au XIIIᵉ siècle. Les pavillons du XVIᵉ siècle pourraient reprendre leur ancienne forme, et le donjon de Charles V serait, dans ce cas, dégagé de toutes les bâtisses qui l'emprisonnent actuellement. Envisagée de la sorte, la restauration serait certainement plus économique, plus agréable peut-être, et pour l'avenir on aurait simplifié la question de l'entretien. »

Ces dernières vues de l'habile architecte ont eu l'assentiment de la commission instituée pour choisir le meilleur mode de restauration à appliquer au monument que nous décrivons. M. Millet s'est donc mis à l'œuvre : déjà est dégagé, mieux encore restitué l'antique donjon de Charles V ; et la presque totalité de la façade nord, restaurée d'après des documents authentiques, permet déjà d'entrevoir ce que rendront à ce château, au point de vue de l'intérêt et de la sincérité artistique, les travaux intelligents de M. Millet.

Nous nous proposons de revenir, et alors d'une façon plus détaillée, sur cette restauration dont une grande partie est exprimée sur les planches qui composent la monographie de Saint-Germain. Mais auparavant il nous paraît utile de montrer à nos lecteurs ce qu'était le château avant le commencement des travaux actuels : nous aurons pour cela recours aux souvenirs que nous a laissés une visite faite vers cette époque à Saint-Germain et au monument lui-même, dont une partie n'a pas encore été touchée. Ensuite nous développerons les importantes modifications apportées depuis par les travaux en cours d'exécution. Nous pourrons même, à l'aide de renseignements que nous a communiqués M. Millet, supposer la restauration achevée et faire voir le château tel qu'il sera dans quelques années. De cette façon, nos lecteurs pourront se rendre compte plus exactement du travail immense qui incombait à l'architecte, et porter par eux-mêmes un jugement qui, nous n'en doutons pas, sera à l'éloge de ce dernier.

IX.

En sortant de la gare du chemin de fer de Saint-Germain, on se trouve en face du château. On est tout d'abord saisi par l'aspect assez triste des immenses bâtiments qui le composent : une masse imposante, et dont on a quelque peine à se rendre compte, se dresse devant nous ; une couleur grise et terne règne presque exclusivement et contraste avec le riant voisinage d'un parterre. En examinant l'édifice avec plus de soin, on reconnaît bien vite qu'il faut attribuer cette monotonie désagréable à la fâcheuse idée que l'on a eue de colorer en noir les enduits des façades. Une autre surprise vous attend encore : on cherche en vain les combles aigus que l'œil est habitué à rencontrer sous notre climat peu favorisé. Ces combles n'existent pas et sont remplacés dans tout l'édifice par des terrasses. L'extérieur du château de Saint-Germain n'offre donc pas, on le voit, l'aspect ordinaire des constructions de cette nature et de cette importance élevées à la même époque. On est devant un édifice d'origine et de destinée particulières, et l'on s'en aperçoit.

De larges et profonds fossés entourent les constructions, flanquées à leurs angles de pavillons très-saillants et dissemblables : ces pavillons ne contribuent pas peu assurément à pénétrer le visiteur, quel qu'il soit, d'une impression étrange. On ne se rappelle pas avoir rien vu de semblable; on sent, nous le répétons, que l'on est en présence d'un monument ayant une originalité bien marquée, un caractère particulier et tout à fait unique comme composition. Toutes les idées que l'on pouvait se faire à l'avance d'un château du commencement du xvie siècle, se trouvent bouleversées en un clin d'œil. Plus de ces délicates et gracieuses décorations particulières aux bords de la Loire ; point de ces fines broderies, si nombreuses dans la renaissance bourguignonne et champe- noise; quant au pittoresque des édifices normands de cette époque, il ne s'y rencontre pas davantage : mais, il faut le dire, toutes ces qualités absentes sont remplacées, en manière de compensation, par d'autres qualités que l'on chercherait en vain dans les pays que nous venons de nommer. On est obligé de reconnaître à Saint-Germain une grande unité d'ensemble, et, chose remarquable, l'échelle générale y est certainement beaucoup plus grande que l'échelle adoptée pour les édifices contemporains. De là res- sort incontestablement un aspect magistral et puissant, exprimant bien la demeure d'un souverain à la fois guerrier et homme de goût. Une bonne silhouette ferme, simple, se découpant agréablement sur le ciel, ajoute aussi à cette impression de grandeur que comporte au premier chef le vieux château royal. Encore nous faut-il tenir compte en sa faveur de toutes les additions et modifications opérées pendant deux siècles sur l'édi- fice tout entier, et qui naturellement ont diminué, ont altéré une grande partie de son caractère. Les énormes pavillons d'angle, ajoutés sous Louis XIV, nous paraissent avoir considérablement alourdi l'ensemble et dénaturé l'aspect général de la demeure souveraine.

Le château que nous décrivons n'est plus l'ancien château féodal avec ses tours de défense, ses créneaux et ses meurtrières; c'est une véritable demeure de plaisance, conçue et établie selon le nouvel ordre d'idées que François Ier venait de puiser en Italie, et que les seigneurs de la cour répandirent depuis dans toute la France.

Tous les bâtiments reposent sur un puissant soubassement qui plonge dans les fossés et porte un petit étage formant entre-sol : cet entre-sol est accusé par un chemin de ronde couvert par une terrasse. Le passage en question qui dessert toutes les diverses parties de l'édifice à cet étage pourtourne tout le château en faisant saillie sur le rez-de-chaus- sée, et cette saillie est obtenue au moyen d'une multitude de corbeaux formant mâchi- coulis. Le petit étage, d'un effet peu ordinaire, est de cette façon pour le château une sorte de ceinture découpée. Toute la partie inférieure de Saint-Germain, jusqu'à l'entre- sol, est construite en pierre de taille ; au-dessus seulement apparaît la brique, que nous verrons jouer un rôle très-important, et comme construction, et comme décoration dans tout l'édifice. Le premier étage est évidemment l'étage principal, l'étage royal; son élé- vation et ses ouvertures largement percées l'indiquent assez clairement. Un deuxième étage, moins important comme hauteur, vient porter le chéneau qui recevait les eaux provenant des terrasses de pierre.

Ces terrasses, comme nous le verrons plus tard, sont détruites aujourd'hui dans la plus grande partie du château, et ont été presque partout remplacées par des combles plats couverts de tuile. Enfin, d'énormes et nombreuses souches de cheminée, entièrement de brique, viennent accidenter et enrichir la silhouette horizontale des bâtiments. Quant aux pavillons flanquant les extrémités, ils sont plus étroits que les corps de logis qu'ils accompagnent.

Tel est, à quelques variantes près, l'ensemble de dispositions que l'on retrouve sur les différentes façades de l'important édifice que nous visitons.

Les façades extérieures de Saint-Germain, pour la plupart d'un développement immense, peuvent être accusées cependant de manquer de saillies : les membres en sont plats, et ne projettent pas, par conséquent, de ces ombres vives et fermes qui animent si bien la matière, et jouent un rôle si puissant dans l'aspect général et intime de tout monument.

Si nous pénétrons dans la vaste cour du château par la porte principale, située sur la face ouest, l'aspect change complétement : on est frappé alors des airs de grandeur et d'originalité empreints dans les constructions qui circonscrivent cette cour. De robustes contre-forts, reliés entre eux au premier et au deuxième étage par des berceaux de brique, divisent tout le pourtour en travées percées d'une ouverture à chaque étage. Au-dessus de l'entre-sol règne une balustrade qui borde un balcon existant à toutes les travées; et à la partie supérieure une autre balustrade, dont la stabilité est assurée par des points d'appui couronnés de vases, vient terminer dignement l'édifice. Trois des angles de cette cour étrange sont occupés par des tourelles couronnées par un petit dôme ou calotte de pierre. Partout les éperons, les arcs saillants, les gargouilles, les entablements ressautant sur les contre-forts, viennent semer à profusion les grandes et petites ombres que nous réclamions tout à l'heure pour les façades extérieures. Un heureux mélange de brique et de pierre vient de son côté, en colorant de nombreuses parties, aider à l'animation de ces façades, qui sont d'un aspect magistral et vraiment imposant.

Un des côtés de la cour, le plus petit, n'est pas semblable aux autres : on y aperçoit, entre des contre-forts du xvie siècle, de grandes fenêtres d'une époque évidemment antérieure. C'est la chapelle de saint Louis qui, sous François Ier, a été agencée aux constructions nouvelles, et dont l'élévation sur la cour a été surmontée pendant le xviie siècle d'un étage mis en harmonie avec les façades voisines. Mais ceci n'est pas ce que nous avons à signaler de plus étrange à Saint-Germain; si nous entrons à l'intérieur du sanctuaire, nous rencontrerons bien d'autres singularités. Franchissons donc sans plus tarder le seuil de cette nef du xiiie siècle, et constatons que l'on est bien, en effet, dans une chapelle gothique par la construction, mais à laquelle une mauvaise décoration de l'époque de Louis XIV vient ôter tout caractère, supprimer toute harmonie. Un remblai de près de 2 mètres est venu exhausser le sol et le mettre de niveau avec la cour du château : de là un changement total dans les proportions de l'édifice religieux, dont nous laissons à chacun le soin de se faire une idée. Sur ce nouveau sol repose une haute boiserie sculptée qui pourtourne la chapelle ; au-dessus, une galerie de bois portée par des consoles de fer a été ajoutée, ainsi qu'une chaire à prêcher d'un goût plus que douteux. Du côté de la cour, les ouvertures anciennes sont à peu près restées intactes, mais on ne peut en dire autant de celles qui se voient au côté opposé, qui sont de construction moderne et beaucoup plus petites, à cause de l'existence des sacristies. Enfin, les voûtes de la chapelle sont décorées de compositions dues au pinceau d'Aubin Voüet. Ces peintures d'un artiste d'une certaine valeur, peintures bien dégradées aujourd'hui, ne sont pas cependant, on s'en doute bien, dénuées de tout mérite ; mais appliquées à des formes générales qui ne leur conviennent aucunement, elles nuisent, à notre avis, au bon effet décoratif de la chapelle plutôt que d'y concourir (1).

Maintenant que nous avons constaté ces disparates si regrettables, quittons le sanctuaire du XIIIe siècle, gâté par le XVIIe, pour pénétrer enfin dans l'intérieur des divers bâtiments du château. Ici, plus encore que dans les parties que nous venons de parcourir, nous marcherons de déception en déception. Les derniers habitants du vieux château royal, les indignes successeurs de François Ier et de Louis XIV, ont laissé partout les traces de leur fâcheux séjour. Déjà dans la cour nous avions remarqué avec peine les nombreuses inscriptions allongées, diffuses, d'un français terne et sans relief, destinées à toucher et à convertir les prisonniers ; à l'intérieur c'est bien autre chose : partout les étages sont occupés par des planchers secondaires ; partout l'espace est divisé en étroites cellules, en interminables corridors, tortueux et obscurs passages qui s'allongent de chambre en chambre dans toutes les parties de l'édifice ; partout, en un mot, on rencontre la désolation, la décrépitude et l'abandon.

Tel est l'état dans lequel se trouvait le château tout entier, il y a quelques années seulement, c'est-à-dire au commencement des travaux de restauration. On le voit donc, il y avait fort à faire pour retrouver dans cet amas de constructions de toutes les époques le caractère propre à chacune d'elles. Nous avons dit plus haut quel est le système de restauration adopté par M. Millet avec l'approbation du Conseil supérieur des bâtiments civils : les ouvrages projetés doivent rendre à la vieille résidence royale l'aspect qu'elle a dû avoir pendant le cours du XVIe siècle, après la reconstruction presque générale qu'elle venait de subir. François Ier donnait alors l'exemple d'une rénovation architecturale dans la disposition des monuments civils du royaume, où la demeure de plaisance va remplacer partout le château féodal et militaire. Mais on ne rompt pas brusquement avec des usages datant de plusieurs siècles ; malgré les récents voyages de la cour en Italie, un changement complet, absolu, ne put s'établir du jour au lendemain. Aussi n'a-t-on pas voulu détruire complétement, lors de cette réédification générale, le château de

(1) Aubin Voüet, qui s'était instruit sous son frère Simon, fut un des premiers que celui-ci forma dans sa manière. Il a travaillé à Paris dans le cloître des Feuillants de la rue Saint-Honoré, et ensuite à *Saint-Germain en Laye, dans la chapelle*, et en quelques autres lieux du château. (Voy. *Entretiens sur les vies et les ouvrages des plus excellents peintres anciens et modernes, avec la vie des architectes*, par Félibien. 1725, tome III, page 399.)

Charles V : le *donjon*, ancien indice de la puissance, a été religieusement conservé; la chapelle de saint Louis a été également respectée : on ne pouvait, malgré le goût nouveau, méconnaître les beautés hors ligne de cette dernière construction. Le soin que l'on prit, tout en la reliant aux nouvelles constructions, de la dégager des bâtiments, montre assez l'importance qu'on y attachait comme œuvre d'art; et ne peut-on pas en réalité supposer que la position déterminée de la chapelle existante, et le désir de conserver la croisée centrale, a été une des causes de la grande irrégularité que l'on remarque dans le plan général du château (1) ?

En 1862, les travaux de restauration ont été commencés par l'angle nord-ouest; depuis cette époque, ils se poursuivent activement vers l'est, de façon à faire successivement le tour du château, et finir par la grande salle des fêtes, sur la façade occidentale. L'angle nord-ouest, on se le rappelle, était autrefois formé par l'ancien donjon de Charles V. La première opération consistait donc à dégager cet angle en démolissant un des pavillons ajoutés par Mansart, pavillon qui masquait complétement la construction primitive. Ces additions regrettables à tous égards, qui étaient venues changer l'aspect, déranger l'harmonie de la royale demeure, sont loin de présenter le caractère monumental des parties plus anciennes. L'architecte Jules Hardouin Mansart a dû se borner à donner l'ordre de reproduire tant bien que mal l'architecture du xvıᵉ siècle; de plus, les constructions ajoutées par lui n'ont jamais été complétement achevées. Il est des étages entiers, nous l'avons dit, qui manquent d'escaliers, et dans lesquels on ne parvient que par des espèces d'échelles de bois. Souvent aussi les murs en élévation ne sont que des placages simulant de fausses baies, ou bien alors les croisées du xvııᵉ siècle se trouvent dans la hauteur des reins des voûtes, et ne permettent pas l'établissement des carrelages des pièces éclairées par ces croisées, toutes choses déplorables, on le voit, et qui ne feront regretter à personne la disparition de ces tristes pavillons.

Les premiers ouvrages ont mis à découvert bon nombre de fragments intéressants de cette partie de la construction militaire. Sur la face sud de cette tour, notamment, on a retrouvé, en détruisant des masures qui l'encombraient, la corniche ancienne, les créneaux et une souche de cheminée du xivᵉ siècle, dont nous présentons les détails dans le croquis ci-joint (fig. 6). On a constaté aussi la situation des bandeaux donnant la place des planchers des divers étages. On a retrouvé le point de départ de l'escalier qui conduisait à un étage supérieur, crénelé comme l'étage principal. Rien alors ne devenait si facile que de restituer par la pensée la disposition de l'angle nord-ouest du château de Charles V, la position des bâtiments adjacents étant indiquée d'une manière certaine par les anciennes caves qui existent encore (voy. fig. 7). M. Eug. Millet a bien voulu nous communiquer le croquis (fig. 8), qui fera saisir d'un simple regard cette restitution. Mais ce donjon, bien que laissé debout, avait été grandement modifié sous François Iᵉʳ : dans la restauration actuelle, l'architecte devait donc forcément tenir compte des changements opérés jadis pour le mettre en harmonie avec les constructions du xvıᵉ siècle. C'est donc

---

(1) Voyez les planches I et II donnant les plans du rez-de-chaussée et du premier étage du château, restaurés et dégagés des pavillons saillants ajoutés sous Louis XIV.

8

dans ce dernier style que le couronnement de la tour a été remanié, ainsi que le montre notre planche XVI. — Bien qu'édifié à une époque très-postérieure au donjon, on a conservé également, et avec raison, selon nous, le campanile de bois, recouvert de plomb, qui couronne l'escalier à vis de l'étage supérieur. L'effet franchement pittoresque de cet édicule ajoute à l'animation de cette partie du château. C'est dans ce petit beffroi qu'est suspendu le timbre destiné à sonner les heures de l'horloge, et dont le cadran émaillé se voit sur la face ouest du donjon.

FIG. 6.

La face nord avait seule été percée de fenêtres sous François Iᵉʳ, ainsi que le montrent les gravures de du Cerceau et de Sylvestre. On a donc dû rétablir à chaque étage les 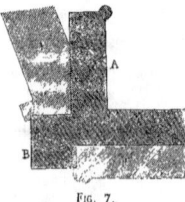 anciennes baies du xviᵉ siècle, pour restituer l'ancien état de choses. Dans l'étage supérieur du donjon, une salle très-élevée avait conservé ses voûtes du xivᵉ siècle ; une cheminée du même style, ajoutée par M. Millet, est venue donner un caractère tout particulier à cet intérieur. Les murs de la tour, d'une épaisseur exceptionnelle (2ᵐ,50), avaient permis d'établir à mi-étage un rang de créneaux couverts,

FIG. 7.

qui a été remplacé par un passage de circulation bordé d'une balustrade. On voit sur la grande façade nord, à la suite du donjon, une tourelle carrée formant saillie, et faisant le raccord avec les bâtiments auxquels nous arrivons.

Ici les travaux à faire étaient à beaucoup près plus importants, par suite du mauvais état des constructions. Toutes les murailles, construites en matériaux de médiocre qualité, avaient eu beaucoup à souffrir de la poussée des voûtes surchargées par les terrasses supérieures. On constatait des hors-d'aplomb considérables et de nombreux déchirements qui ont motivé la construction d'éperons sur toutes les faces extérieures. Ces points d'appui, qui consolident et décorent à la fois la construction, sont reliés à leur sommet par des arcs de brique rappelant la belle disposition de la cour intérieure.

Dans la partie inférieure, au rez-de-chaussée, des contre-forts ont aussi été ajoutés de distance en distance, sous les encorbellements du chemin de ronde ; ils aident à supporter les saillies de l'entre-sol, tout en rompant l'uniformité de la puissante muraille. Les grandes fenêtres qui éclairent le passage de l'entre-sol, fenêtres percées sous Louis XIV, ont été diminuées et remises en proportions avec leur service, simple dégagement des pièces prenant vue sur la cour.

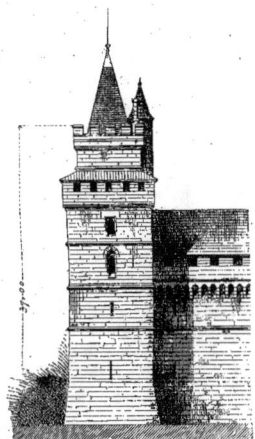

Fig. 8.

C'est au-dessous de la terrasse qui couvre le chemin de ronde, et en arrière, que repose l'étage principal, le premier étage. Cette terrasse n'existait pas au XVIᵉ siècle ; du Cerceau, qui donne de si précieux renseignements sur Saint-Germain, montre ce passage couvert par un toit en appentis. Mais peu à peu la nécessité d'avoir des terrasses devant les salles du premier étage se fit sentir ; un balcon est venu, en beaucoup d'endroits, s'implanter sur le petit comble, comme le laisse voir la gravure d'Israël Sylvestre que nous reproduisons planche III. Ce balcon fut définitivement établi lors des remaniements opérés sous Louis XIV. Respectant un besoin très-réel et consacré en quelque sorte par l'habitude, l'architecte de Saint-Germain installe maintenant à sa place un dallage bordé d'une balustrade de pierre consolidée, à toutes les travées, de vases de même matière. De cette façon, on obtient à la base du premier étage une circulation à l'air libre, pourtournant presque tout l'édifice.

Nous avons dit ailleurs que l'emploi de la brique, cette matière qui joue un si grand rôle dans la construction de tout le château de Saint-Germain, commençait au premier étage. Elle entoure ici les hautes fenêtres cintrées, dont les pieds-droits se lient à la muraille par de petites harpes ; le fronton mouluré qui surmonte les ouvertures est fait lui-même de terre cuite. Enfin, un entablement ressautant sur les contre-forts sépare cet étage du deuxième, lequel est couronné à son tour par une corniche de pierre surmontée d'une balustrade décorée, tantôt du chiffre de François Iᵉʳ, tantôt de la salamandre, son emblème. Au-dessus de chaque contre-fort, une série de vases portés par un piédestal garni de losanges de terre cuite émaillée, vient semer, à la partie supérieure de l'édifice, une suite de points brillants d'un excellent effet. Toute cette partie supérieure, vraiment bien entendue en tant que décoration, a pu être rétablie d'une manière certaine, à l'aide des nombreux fragments trouvés dans les fouillès opérées au château.

Sur le développement de cette façade nord, nous remarquons l'avant-corps qui la divise à peu près vers son milieu. Cette loge saillante est formée par plusieurs salles ou reposoirs correspondant aux paliers de l'escalier d'honneur : de là les différents niveaux d'étages qu'on y remarque. Notre planche XV représente une coupe sur le grand escalier d'honneur ; elle expliquera cette disposition originale, dont les plans, faits sur les divers paliers, ont trouvé place sur la planche XVI. On trouvera l'élévation extérieure de la loge en question sur la planche XIII, qui montre en même temps une partie de la façade septentrionale, tandis que la coupe se trouve figurée, avec la face latérale de l'avant-corps, sur la planche XV.

Ce qui précède explique suffisamment, croyons-nous, l'importance et l'utilité des ouvrages exécutés jusqu'à ce jour à l'extérieur du château. Pour suivre la marche des travaux adoptée par l'architecte de Saint-Germain, nous sommes obligé d'entrer main-tenant dans la cour du château, qui a été restaurée conjointement avec la face du dehors.

De même que l'extérieur, la cour est en pierre de taille, en brique et moellons enduits. On ne peut guère savoir si l'architecte qui a érigé le château de Saint-Germain a cher-ché dans sa construction, par l'emploi de la brique, une sorte de progression colorée ; l'existence de nombreuses parties de pierres peintes en brique permettent difficilement de croire à cette supposition. Le rez-de-chaussée est d'un ton entièrement blanc, sauf l'arc des fenêtres, qui commence à trancher en couleur foncée. A l'entre-sol, la couleur rouge devient plus sensible ; le contre-fort est bien encore de pierre, mais la fenêtre tout entière est de brique, ainsi que la voûte en berceau qui porte le balcon du pre-mier étage. Cet étage, ainsi que le second, est entièrement en matériaux colorés et parties enduites, à l'exception des corniches et des balustrades, qui sont de pierre. La question de couleur nous semble s'allier parfaitement ici avec la raison de solidité. L'ar-chitecte, en effet, n'a employé la brique, matière inférieure et de qualité médiocre, qu'au fur et à mesure de la construction, et à mesure aussi que la charge à porter allait diminuant. Malheureusement, ces idées saines et parfaitement raisonnables n'ont pu être suivies dans toutes les parties de l'édifice ; l'extrémité orientale de la cour et une partie des façades en retour possèdent seules des éperons de pierre au rez-de-chaussée. Les ressources venant probablement à manquer, on aura été conduit à se servir, pour le reste, de moellons et de brique, comme dans la partie supérieure du bâtiment. Aussi des tassements se sont-ils produits, et voit-on, dès à présent, les fâcheux effets de cette parcimonie.

L'architecte actuel du château de Saint-Germain a donc dû reprendre en pierre les contre-forts qui avaient été négligés, et les rétablir en tout point semblables aux autres.

Nous avons déjà remarqué plus haut que la sculpture, ce moyen décoratif dont on a tant usé et même abusé à l'époque de la renaissance, est très-peu répandue dans tout le

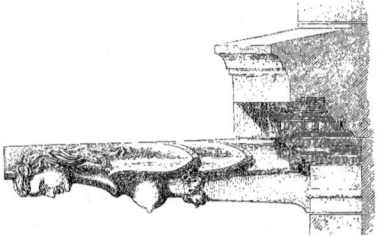

FIG. 9.

château de Saint-Germain. Les gargouilles (voy. fig. 9, 10 et 11), les chiffres, les salamandres semées dans les balustrades et les vases de couronnement, sont les seuls motifs

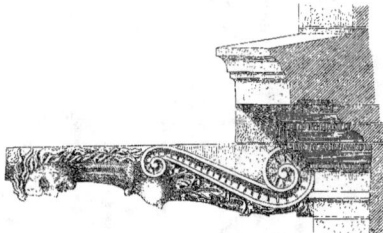

FIG. 10.

qu'ait traités le ciseau du sculpteur. Les profils sont gros, robustes et taillés souvent dans la brique. Enfin, l'auteur de ce curieux monument semble avoir partout sacrifié

FIG. 11.

les détails à l'ensemble. C'est par ce moyen qu'il a pu obtenir l'aspect grandiose et imposant qui est le caractère particulier de cette cour merveilleuse, dont nous présentons planche IV l'ensemble du grand côté. — Nous avons aussi rapporté, à une plus grande

9

échelle, une partie de cette élévation et la coupe sur la muraille, qui, mieux que toute description, en feront comprendre à nos lecteurs les dispositions générales. La planche V montre deux travées, dont une, plus large que les autres et différente, est percée d'ouvertures jumelles éclairant l'escalier d'honneur. La porte qui conduit à cet escalier est, relativement à ce qui l'entoure, beaucoup plus fine d'échelle, comme le laisse voir la planche XI, qui montre en même temps la construction des contre-forts dans la hauteur du rez-de-chaussée. On voyait autrefois, dans la frise de cet étage et sur la face des éperons, une série de médaillons émaillés, qui vont être prochainement rétablis : ils représenteront les portraits des principaux personnages historiques du xvie siècle et des siècles précédents. Ces points brillants et colorés, répandus autour de la cour, viendront égayer et animer l'étage inférieur, tout en lui donnant une certaine finesse. Au premier étage, la balustrade du balcon a été rétablie, ainsi que la balustrade supérieure. — Ce sont les détails de cette dernière qui composent notre planche X.

Maintenant que l'on a pu se faire une idée assez complète de la cour du château, nous pouvons pénétrer à l'intérieur.

En entrant par la porte principale de la face ouest, on arrive dans une salle des gardes formée par une double galerie voûtée en arêtes saillantes, renfermant, à la clef, un caisson sculpté et des clefs pendantes. La planche XVII et la figure 12 ci-contre sont destinées

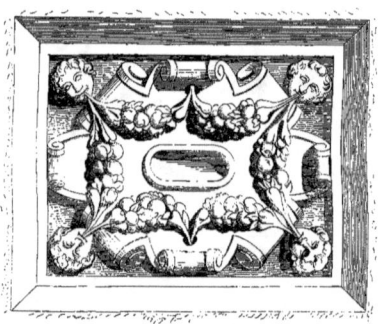

Fig. 12.

à expliquer cette disposition. Ce grand vestibule est, à l'exception du donjon, la seule partie du rez-de-chaussée qui soit voûtée ; dans toutes les autres salles, ce sont des poutres et des solives apparentes qui forment les planchers. C'est au-dessus de cette salle des gardes que se trouve, au premier étage, la grande salle des fêtes, désignée aussi parfois sous le nom de salle de Mars. Deux grands escaliers à vis, placés dans les tourelles qui occupent les angles de la cour, et prenant dans le vestibule même, nous y conduisent (1). Ces deux escaliers semblables sont, ainsi que celui de l'autre extrémité de la cour, à noyau plein ; les marches sont portées par une voûte dite « vis de Saint-Gilles », en brique et de

(1) Voyez, planche VI, une perspective de l'angle de la cour auprès de l'entrée principale, qui montre l'extérieur de l'un de ces escaliers.

curieuse disposition, reposant d'un côté sur le noyau, de l'autre sur le mur circulaire qui enveloppe l'escalier (voy. fig. 13).

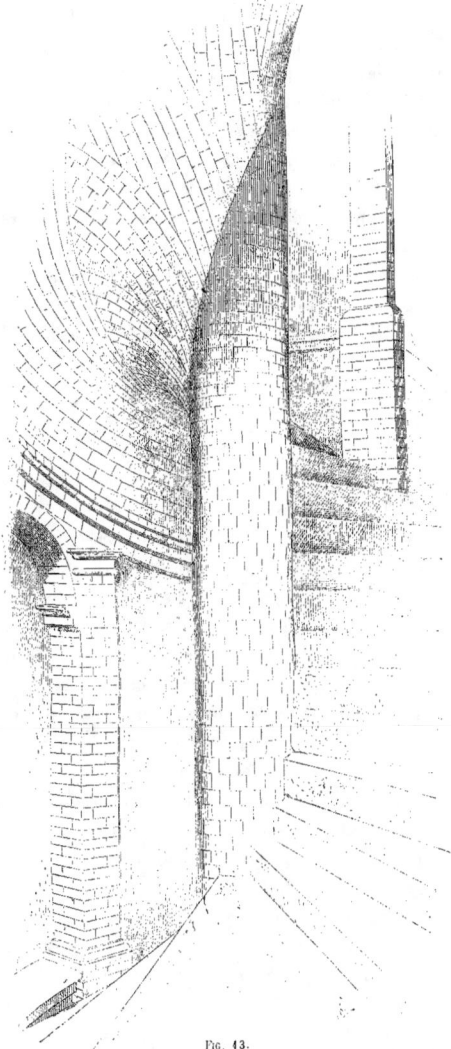

FIG. 13.

Occupant à elle seule presque toute la façade ouest, la salle de Mars ne mesure pas moins de 40 mètres de longueur sur 12 de largeur, et prend la hauteur de deux étages. Elle est voûtée en voûtes d'arêtes à nerfs et caissons saillants et clefs pendantes, toujours avec remplissage de brique apparente rehaussé çà et là de fleurs de lis sculptées. La paroi nord-est de cette immense salle est occupée par une colossale cheminée de brique, dont la planche VII montre et la structure et les dimensions.

Bien que la vaste salle des fêtes ne soit pas encore restaurée, on est déjà frappé du grand effet qu'elle produit. Elle n'était pas sous François Iᵉʳ telle que nous l'admirons aujourd'hui. Le croquis ci-contre (fig. 14), dessiné d'après les plans de du Cerceau et de Sylvestre, laisse voir que le corps de logis ouest était brisé et formait un grand pan coupé près de la chapelle ; la grande salle de Mars se rétrécissait alors à son extrémité de la plus triste façon. A la fin du xviiᵉ siècle, la face extérieure fut reconstruite parallèlement à l'autre, et l'immense galerie prit la forme rectangulaire qu'elle a encore de nos jours. Les trois travées de voûtes, près de la chapelle, travées refaites à cette époque,

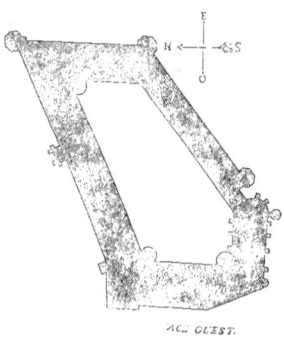

Fig. 14.

constatent, par la négligence de leur construction, l'opération de redressement dont il s'agit.

En sortant près de la tour de Charles V, nous traversons plusieurs pièces dont les planchers ont dû être refaits, les cheminées rétablies et les croisées garnies de leurs panneaux de verre monté en plomb. C'est alors qu'on rencontre le grand escalier d'honneur, formé de deux rampes droites séparées par un mur d'échiffre qui porte des berceaux rampants. Ces voûtes sont composées d'une ossature de pierre enfermant des remplissages de brique. Comme on le voit, la décoration intérieure est aussi simple qu'à l'extérieur, et cette simplicité est bien un parti pris général et fort ingénieux de construction, que nous retrouvons jusque dans les cheminées de plusieurs des salles. Chaque palier intermédiaire de l'escalier conduit à un petit salon ou à une loge éclairée sur le dehors, et c'est l'ensemble de ces pièces qui forme l'avant-corps dont nous avons parlé plus haut. Nous renvoyons, du reste, selon notre habitude, aux gravures qui concernent le grand escalier (pl. XII et XV), donnant les plans et la coupe générale sur le bâtiment faite au droit de cette partie importante.

Puisque nous sommes au pied de cet escalier d'honneur dont les murs ont vu passer tant de personnages célèbres, nous allons, sans fausse honte, le gravir à notre tour, pour arriver au deuxième étage, que nous voyons toujours entièrement voûté en pierre et brique. Les naissances des arcs-doubleaux et des nervures diagonales reposent immédiatement sur le plancher. A tous les angles extérieurs existent des salles voûtées de la même manière, mais beaucoup plus hautes d'étage ; elles sont accusées au dehors par une surélévation des constructions formant des pavillons non saillants, sur lesquels viennent s'arrêter les bâtiments. Les voûtes de cet étage portaient autrefois, comme nous l'avons déjà dit, un dallage de pierre qui couvrait tout le château. Cette couverture, on le pense bien, pesait d'un poids énorme sur les voûtes; aussi, même au xvie siècle, lorsque l'on construisait l'édifice royal, fut-on obligé d'en maintenir la poussée par des tirants de fer placés au droit des arcs-doubleaux.—Du Cerceau mentionne le fait (1). Malgré ces tristes précautions et les robustes éperons qui contre-butent la construction du côté de la cour, les murs se sont déjetés et ont motivé la suppression du dallage, remplacé presque partout par de mauvais toits de tuile, visibles à l'extérieur. Ces combles disparaîtront sans doute à mesure de l'avancement des travaux; les terrasses seront certainement aussi rétablies, mais non pas, nous en avons l'espoir, comme celles qui ont été jusqu'à ce jour une cause de ruine pour le château : le métal pouvait, dans ce cas, remplir le même office que la pierre, sans en avoir tous les inconvénients. Un large chéneau conservera donc une circulation sur ces terrasses historiques d'où l'on embrasse de tous côtés une vue si admirable. C'est sur ces terrasses que l'on rencontre en très-grand nombre des souches de cheminées de brique ornées de l'initiale de François 1er. La planche VIII donne le plan et l'élévation d'une de ces cheminées; la figure 15, dans le texte, en montre une seconde qui présente une autre disposition.

Peut-être sera-t-on tenté de nous reprocher d'avoir un peu trop développé notre revue sur les travaux exécutés jusqu'à ce jour. Nous avons cru ce développement nécessaire parce que nos gravures représentent pour la plupart le château de Saint-Germain après sa restauration, et qu'il eût été difficile sans cela de se faire une idée exacte du travail de l'architecte. En revanche, nous allons seulement indiquer ce qui reste à faire pour terminer la restauration complète du monument.

L'extrémité de la grande façade nord vient d'être attaquée, et prochainement nous espérons bien voir cet angle montrer la tourelle qui s'y trouvait au xvie siècle, tourelle indiquée dans toutes les gravures postérieures à cette époque. Successivement viendront sans doute les façades qui font suite. Sur la face méridionale, on doit rétablir une poterne qui existait près de la chapelle; après quoi, on passera enfin à la chapelle même, le morceau capital du château de Saint-Germain, la partie la plus ancienne, et aussi, à notre avis, la plus précieuse.

Nous ne sommes pas seul à admirer ce pur joyau des belles années du xiie siècle, qui joue un rôle si important dans la construction et dans l'histoire du vieil édifice royal. M. E. Viollet-le-Duc, dans son *Dictionnaire raisonné d'architecture française*, consacre

(1) N'est-il pas surprenant de rencontrer dans un édifice de l'importance de Saint-Germain un procédé qui trahit une réelle inexpérience de l'art, et qui serait un fait exceptionnel en France, où, de tout temps, nos architectes ont su construire les voûtes et les élever à une très-grande hauteur sans le secours de la ferraille ? Quel que soit l'auteur du château de Saint-Germain-en-Laye, nous ne résistons pas au désir de citer ici, à l'appui de notre assertion, un passage de Félibien, où, après avoir rendu justice au grand savoir de Philibert de Lorme, il ajoute : « Aussi n'ignoroit-il rien (Philibert de Lorme) de toutes les choses qu'un véritable architecte doit sçavoir. Et si nous considérons ce que Serlio a fait à Fontainebleau, dans la cour de l'Ovale, et *au vieux château de Saint-Germain en Laye*, nous pourrons faire avoüer que les Italiens n'étoient pas plus sçavans que les François ; car c'étoit en ce temps-là que la belle architecture commençoit à paroître de nouveau, et de Lorme a été le premier des François qui lui a ôté son habit gottique, s'il faut ainsi dire, et qui nous l'a fait voir vêtue à la grecque et à la romaine. » (Félibien, tome II, page 57.)

10

plusieurs pages à signaler les beautés nombreuses de la sainte Chapelle de Saint-Germain, et nous ne résistons pas au désir de mettre sous les yeux de nos lecteurs ces lignes
élogieuses d'un auteur dont nul ne contestera la compétence en pareille matière. Nous
cédons la parole à M. Viollet-le-Duc :

« La chapelle du château de Saint-Germain est antérieure de quelques années à la
sainte Chapelle de Paris : son achèvement ne saurait être postérieur à 1240. Ce très-
curieux monument, fort peu connu, engagé aujourd'hui au milieu des constructions de
François Ier et de Louis XIV, est assez complet, cependant, pour que l'on puisse se rendre un compte exact, non-seulement de ses dimensions, mais aussi de sa coupe, de ses

FIG. 15.

élévations latérales et des détails de sa construction et décoration. La chapelle de Saint-
Germain a ceci de particulier, qu'elle n'appartient pas au style ogival du domaine royal,
mais qu'elle est un dérivé des écoles champenoise et bourguignonne.

» Conformément aux constructions de ces écoles, les voûtes portent sur des piles saillantes à l'intérieur, laissant au-dessus du soubassement une circulation. Les formerets des
voûtes, au lieu de servir d'archivoltes aux fenêtres, sont isolés, laissent entre eux et les
baies un espace couvert par le chéneau. Les fenêtres sont alors prises sous la corniche et
mettent à jour tout l'espace compris entre les contre-forts. Les fenêtres, n'étant plus cir-
conscrites par les formerets, sont carrées ; les tympans étant ajourés, et faisant partie des
meneaux, ne laissent comme pleins visibles que les contre-forts. Le monument tout
entier ne consiste donc qu'en un soubassement, des contre-forts et une claire-voie fort
belle et combinée d'une manière solide, car les contre-forts (très-minces) sont étrésil-

lonnés par ces puissants meneaux portant l'extrémité de la corniche supérieure et le chéneau. Ces meneaux ne sont réellement que de grands châssis vitrés posés entre des piles,
et les maintenant dans leurs plans.

» Le système de la construction ogivale admis, nous devons avouer que le parti de
construction adopté à Saint-Germain nous paraît supérieur à celui de la sainte Chapelle
de Paris, en ce qu'il est plus franc et plus en rapport avec l'échelle du monument. La
richesse de l'architecture de la sainte Chapelle de Paris, le luxe de la sculpture, ne
sauraient faire disparaître des défauts graves évités à saint Germain. Ainsi, à Paris, les
contre-forts, entièrement reportés à l'extérieur, gênent la vue par leur saillie ; ils sont
trop rapprochés ; la partie supérieure des fenêtres est quelque peu lourde et encombrée
de détails ; les gables qui les surmontent sont une superfétation inutile, un de ces moyens
de décoration qui ne sont pas motivés par le besoin. Si l'effet produit par les verrières
entre des piles minces et un peu saillantes à l'intérieur est surprenant, il ne laisse pas
d'inquiéter l'œil par une excessive légèreté apparente. A Saint-Germain, on comprend
comment les voûtes sont maintenues par ces piles qui se prononcent à l'intérieur. Les
meneaux ne sont qu'un accessoire, qu'un châssis vitré indépendant de la grosse construction. Ce petit passage champenois ménagé au-dessus de l'arcature inférieure, en reculant
les fenêtres, donne de l'espace et de l'air au vaisseau ; il rompt les lignes verticales dont,
à la sainte Chapelle de Paris, on a peut-être abusé. Les fenêtres elles-mêmes, au lieu
d'être relativement étroites comme à Paris, sont larges ; leurs meneaux sont tracés de
main de maître, et rappellent les beaux compartiments des meilleures fenêtres de la
cathédrale de Reims. Les fenêtres de la sainte Chapelle de Paris ont un défaut qui
paraîtrait davantage, si elles n'éblouissaient pas par l'éclat des vitraux : c'est que les
colonnettes des meneaux sont démesurément longues, et que les entrelacs supérieurs ne
commencent qu'à partir de la naissance des ogives. Cela donne à ces fenêtres une appa-
rence grêle et pauvre que l'architecte a voulu dissimuler à l'extérieur, où les vitraux ne
produisent aucune illusion, par ces détails d'archivoltes et ces gables dont nous parlions
tout à l'heure. A Saint-Germain, aucun détail superflu : c'est la construction seule qui
fait toute la décoration ; on peut dire que si l'architecte (champenois probablement) de
la chapelle de Saint-Germain eût eu à sa disposition les trésors employés à la construction
de celle de Paris, il eût fait un monument supérieur comme composition à celui que nous
admirons dans la Cité. Il a su (chose rare) conformer son architecture à l'échelle de son
monument, et, disposant de ressources modiques, lui donner toute l'ampleur d'un grand
édifice. A la sainte Chapelle de Paris, on trouve des tâtonnements, des recherches qui
occupent l'esprit plutôt qu'elles ne charment. A Saint-Germain, tout est clair, se comprend au premier coup d'œil. L'intérieur de ce monument était peint et les fenêtres garnies probablement de vitraux. Inutile de dire que leur effet devait être prodigieux à
cause des larges surfaces qu'ils occupaient. Tous les détails de ce charmant édifice sont
traités avec grand soin, la sculpture en est belle et due à l'école champenoise, ainsi que
les profils. »

Puis M. Viollet-le-Duc ajoute en note : « La chapelle de Saint-Germain est aujourd'hui fort dénaturée; les contre-forts ont été revêtus, au xviie siècle, de placages dans le goût du temps; le sol intérieur a été relevé de plus d'un mètre. L'arcature a été détruite, ainsi que la balustrade extérieure. Des fouilles faites avec intelligence par l'architecte, M. Millet, ont mis à nu les bases intérieures. Des fragments de l'arcature et de la balustrade ont été retrouvés; les piles ont été dégagées. Quant aux autres parties de l'édifice, elles sont conservées, et la construction n'a subi aucune altération. On ne saurait trop étudier cette chapelle, qui nous paraît être un des exemples les plus caractérisés de cet art du xiiie siècle au moment de sa splendeur. Si l'on avait quelques doutes sur sa date, il suffirait de comparer ses profils et sa sculpture avec les profils et la sculpture des monuments champenois du xiiie siècle, pour être assuré que la chapelle de Saint-Germain est contemporaine des chapelles absidales de la cathédrale de Reims, des parties inférieures du chœur de la cathédrale de Troyes, de la chapelle de l'archevêché de Reims, constructions qui sont antérieures à 1240. La corniche supérieure et la balustrade, dont on a retrouvé des fragments, peuvent même remonter à 1230 (1). »

Notre planche IX montre la façade du château où se trouve cette remarquable chapelle. Le soin avec lequel M. Millet doit la dégager, comme on peut le voir, des constructions qui l'obstruent à l'extérieur, montre assez combien il est pénétré, lui aussi, de la valeur de cette partie de l'édifice royal. Ajoutons encore qu'après la réfection de l'angle sud-ouest, on doit terminer la restauration du château par l'aile occidentale, dont la face extérieure sera rétablie de la façon figurée planche XVI.

Enfin, pour clore cette assez longue description, nous présentons ici une perspective cavalière, ou à vol d'oiseau, faite d'après des documents communiqués par M. Millet. Cette vue perspective (fig. 16) montre un ensemble du château complétement restauré et tel qu'on pourra le voir dans quelques années d'ici.

X.

Voici donc encore un de ces beaux palais d'autrefois sauvé de la ruine et rendu à sa splendeur première. N'est-ce pas la joie la plus vive que puissent éprouver tous ceux qui s'intéressent à l'histoire générale de l'humanité, tous ceux qui, nés sur le sol de la France, ont pris intérêt à son passé, quel que soit l'aspect sous lequel il se présente. L'opinion générale est maintenant très-disposée à accueillir favorablement toute restauration de nos vieux édifices nationaux, et le château que nous publions doit être, parmi ces derniers, classé hardiment en première ligne.

Mais ce n'était pas tout que d'avoir remis en honneur le vieux château royal de Saint-Germain en Laye, il fallait aussi assurer son avenir, empêcher le retour des causes qui avaient failli en amener la destruction; en un mot, lui trouver une destination en rapport avec lui-même, en harmonie avec son passé historique, avec ses dispositions monumentales. C'est ce but qui vient d'être atteint de la façon la plus complète par le décret impérial, en date du 8 novembre 1862, qui établit un musée gallo-romain dans

(1) *Dictionnaire raisonné de l'architecture française*, 2 vol., pages 430 et suivantes.

le palais de François Iᵉʳ et de Louis XIV (1). Dans une de ces visites attentives qu'il sait

Fig. 16.

dérober à des occupations plus graves, l'Empereur Napoléon III en a arrêté les der-

(1) Voici, sur l'importance et le rôle de ce musée, un extrait du rapport de M. le comte de Nieuwerkerke, surintendant des beaux-arts, adressé à Son Exc. le Ministre de la maison de l'Empereur, le 14 juin 1863 :

« Par décret de S. M. l'Empereur en date du 8 novembre 1862, il a été fondé à Saint-Germain un musée d'antiquités celtiques et gallo-romaines dépendant du musée des antiques. — L'intention de Sa Majesté, en décidant la création de ce musée, a été de réunir un pièces justificatives, pour ainsi dire, de notre histoire nationale. — Parmi les monuments qui donneront au musée de Saint-Germain une valeur historique toute particulière, je citerai, dès aujourd'hui : 1° Deux collections déjà considérables d'armes et d'instruments domestiques, de pierre et de bronze. A côté de ces objets trouvés en France, on remarquera la belle série d'objets analogues donnés récemment à l'Empereur par Sa Majesté le roi de Danemark, et qui offriront un point de comparaison des plus curieux, étant rapprochés des monuments gallo-romains ; — 2° la collection de M. Boucher de Perthes ; — 3° le résultat des fouilles nombreuses opérées sur tous les points de la vieille Gaule à différentes époques : armes, bijoux, sceaux, monnaies et médailles, formant une collection numismatique gallo-romaine ; vases de verre, statuettes de pierre et de bronze, poteries, briques, tuiles, spécimens de mortier peint ou à relief pour la décoration intérieure des habitations ; divers noms gallo-romains de fabricants de poterie, qui étaient souvent de véritables artistes ; monuments épigraphiques, stèles, inscriptions funéraires ; une magnifique mosaïque provenant des ruines de l'ancien Augustodunum (Autun). — Enfin, on a commencé l'exécution d'une suite de moulages destinés à représenter l'ensemble des monuments de divers âges, intéressants au double point de vue de l'art et de l'histoire, et dispersés sur le territoire de l'empire. — En ce moment, je m'occupe de faire déposer au musée de Saint-Germain les objets gallo-romains de toute nature qui existaient au Louvre ; ils viendront s'ajouter aux premières richesses de ce musée, qui, indépendamment des dons faits par l'Empereur et le roi de Danemark, sont dues à MM. Boucher de Perthes, Duquesnelle, Forgeais, Bizot, Galibert, J. Théry, de Curlen, Regnard, Le Métayer, Masselin, Béraud-Dupaty, de Saulcy, André Doutre, Beaune, Guégan, J. Caron, Rossignol, conservateur adjoint chargé du service de ce musée ; enfin, à M. le préfet du Morbihan, à M. le maire de Questembert et à Mᵐᵉ la comtesse de Guéheneuc. — Le musée d'antiquités gallo-romaines n'est encore qu'en voie de formation. On installe provisoirement les collections de la grande galerie des fêtes au château de Saint-Germain. Il ne sera possible de s'occuper de l'aménagement définitif que lorsque les travaux extérieurs seront terminés. Dans cette organisation, on aura soin de désigner, en même temps que l'objet, le lieu de sa provenance, de manière à augmenter l'intérêt de ces collections déjà si précieuses. »

nières dispositions. De nombreux monuments de la Gaule romaine recueillis sur tous les points du territoire, les futures richesses archéologiques dont le temps amènera la découverte, viendront se réunir, s'accumuler dans ce musée, que le curieux verra avec plaisir, que le savant étudiera avec intérêt. Quelque temps encore, et le vieux palais de François Ier verra ses galeries parcourues par de nombreux visiteurs, et reprendra alors la vie et l'animation qui lui manquent depuis si longtemps.

FIN DU DEUXIÈME VOLUME

Paris. — Imprimerie de E. MARTINET, rue Mignon, 2.

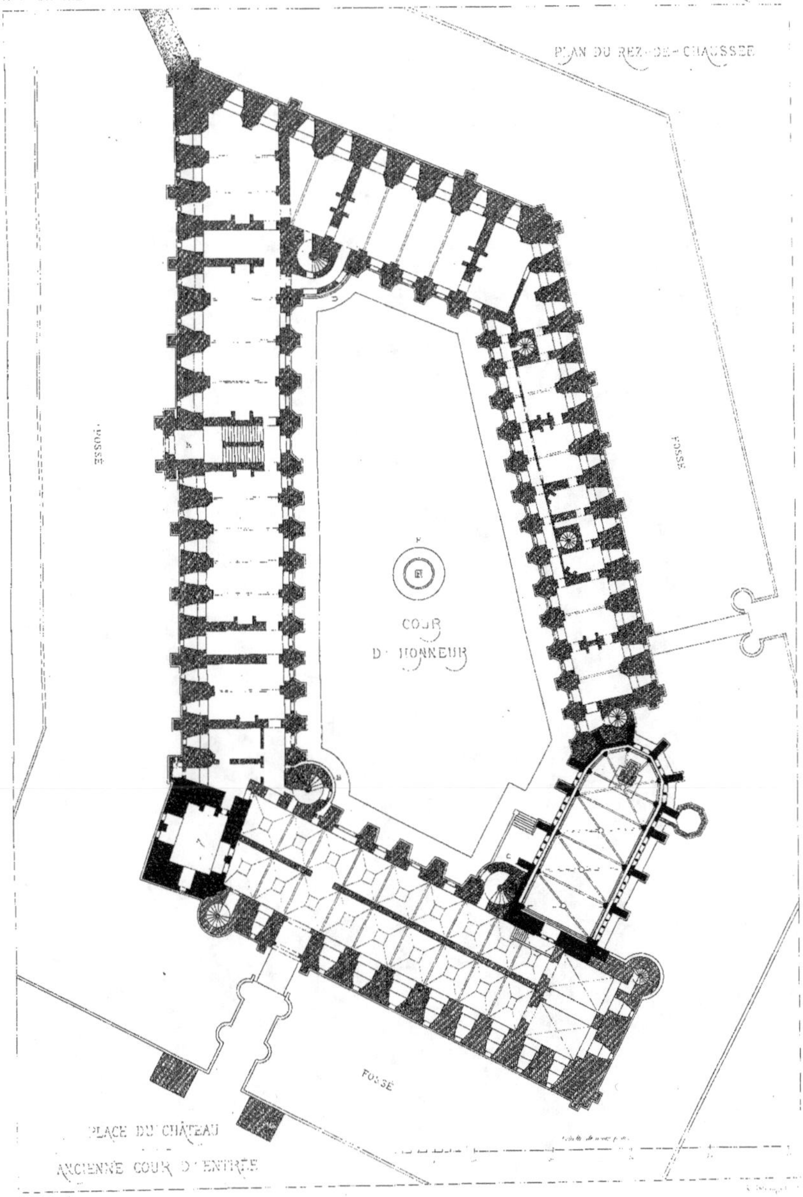

PLAN DU REZ-DE-CHAUSSÉE
FOSSÉ
FOSSÉ
COUR
D'HONNEUR
FOSSÉ
PLACE DU CHÂTEAU
ANCIENNE COUR D'ENTRÉE

CHÂTEAU DE FRANÇOIS Ier.

(À St GERMAIN-EN-LAYE)

Paris A. MOREL, Éditeur 13 Rue Bonaparte.

Imp. Lemercier et Cie Paris

PLAN
DU PREMIER ÉTAGE

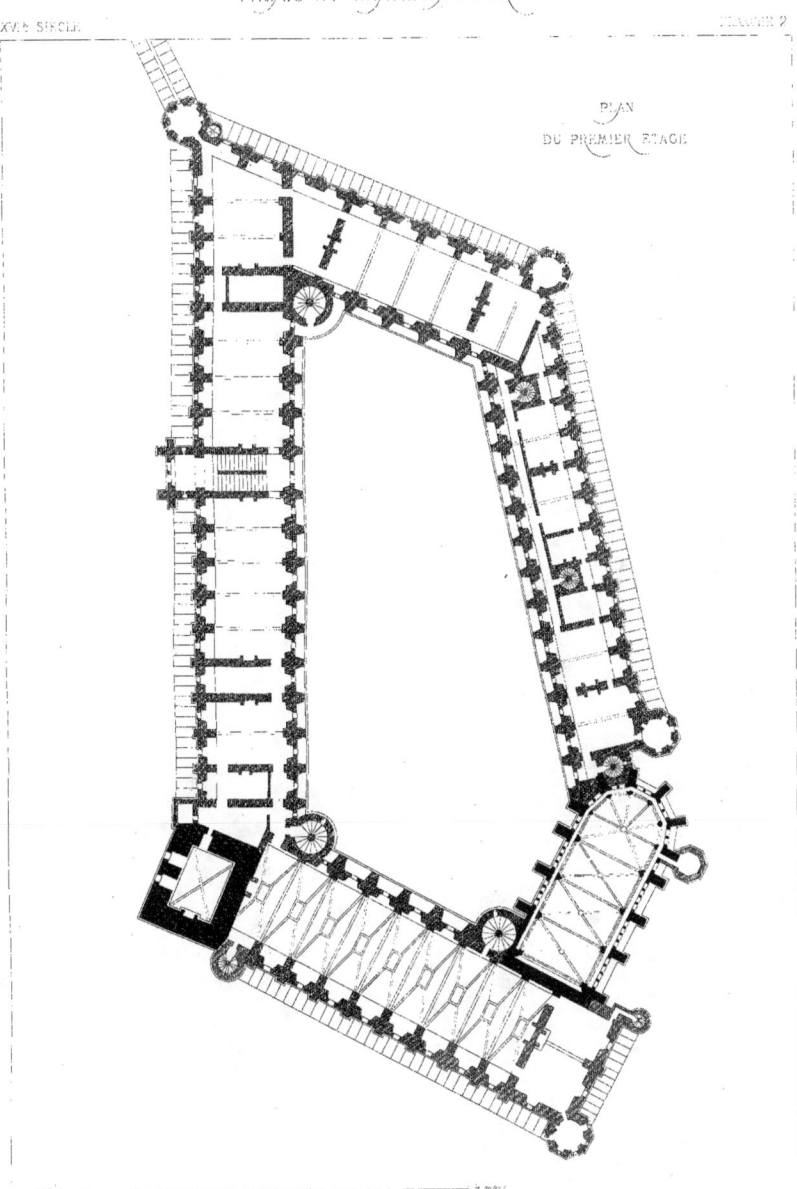

CHÂTEAU DE FRANÇOIS 1ER.
(à St GERMAIN-EN-LAYE)

Paris A. MOREL, Editeur. 13, Rue Bonaparte.   Imp. Lemercier et Cie Paris.

D'APRÈS UNE GRAVURE D'ISRAEL SILVESTRE
(1658)

CHÂTEAU DE ST GERMAIN EN LAYE

ÉLÉVATION DU GRAND CÔTÉ DE LA COUR

CHÂTEAU DE FRANÇOIS Ier

(À ST-GERMAIN-EN-LAYE)

Paris A. MOREL, Éditeur, 13, Rue Bonaparte

Imp. Lemercier et Cie, Paris

TRAVÉES

COUPE

FAÇADE SUR LA COUR AU DROIT DE L'ESCALIER D'HONNEUR

CHÂTEAU DE FRANÇOIS Ier

À St GERMAIN EN LAYE

VUE PERSPECTIVE D'UN ANGLE DE LA COUR

CHÂTEAU DE FRANÇOIS Iᵉʳ

(A ST GERMAIN-EN-LAYE.)

CHEMINÉE DE LA SALLE DE MARS.

ÉLÉVATION   PROFIL

CHÂTEAU DE FRANÇOIS Iᵉʳ

À ST GERMAIN EN LAYE.

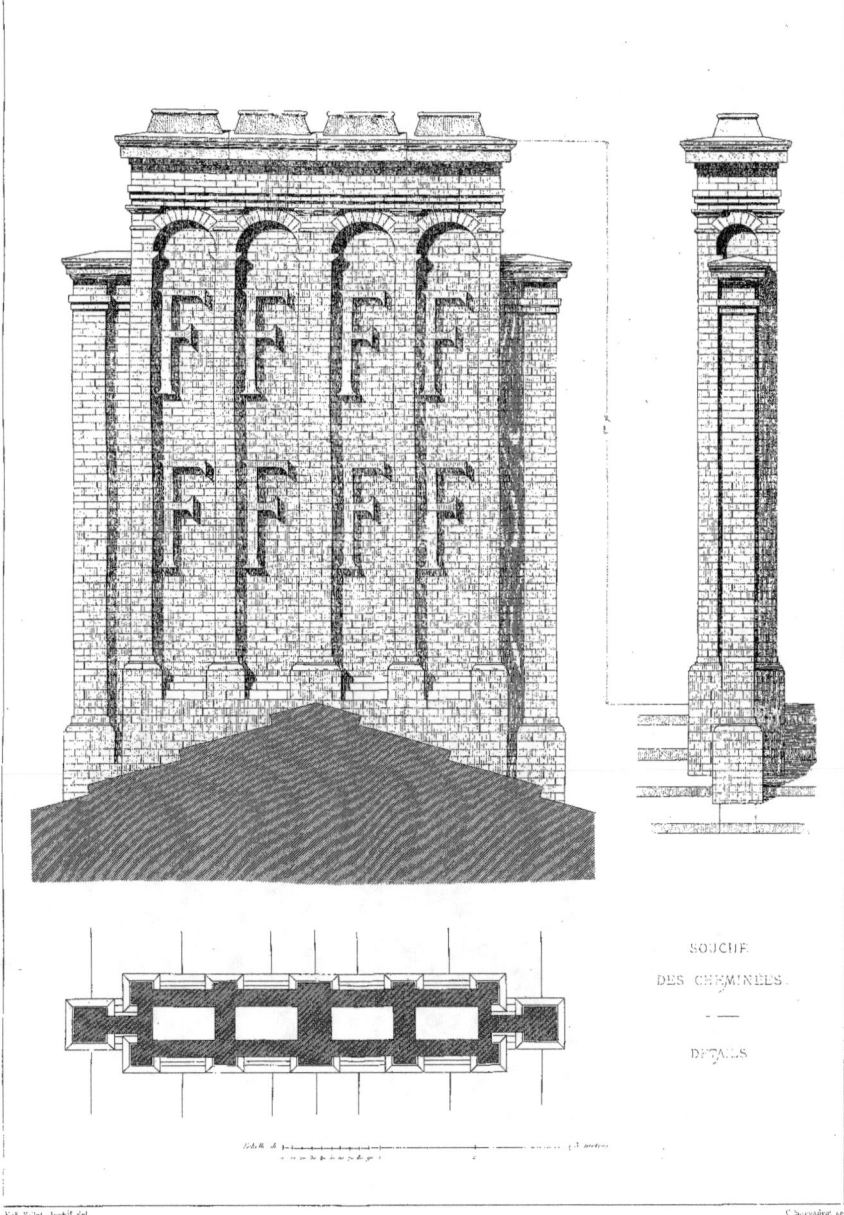

SOUCHE

DES CHEMINÉES.

DÉTAILS

CHÂTEAU DE FRANÇOIS 1ᵉʳ

(A ST GERMAIN EN LAYE)

FAÇADE SUD _ CHAPELLE

CHÂTEAU DE FRANÇOIS 1er

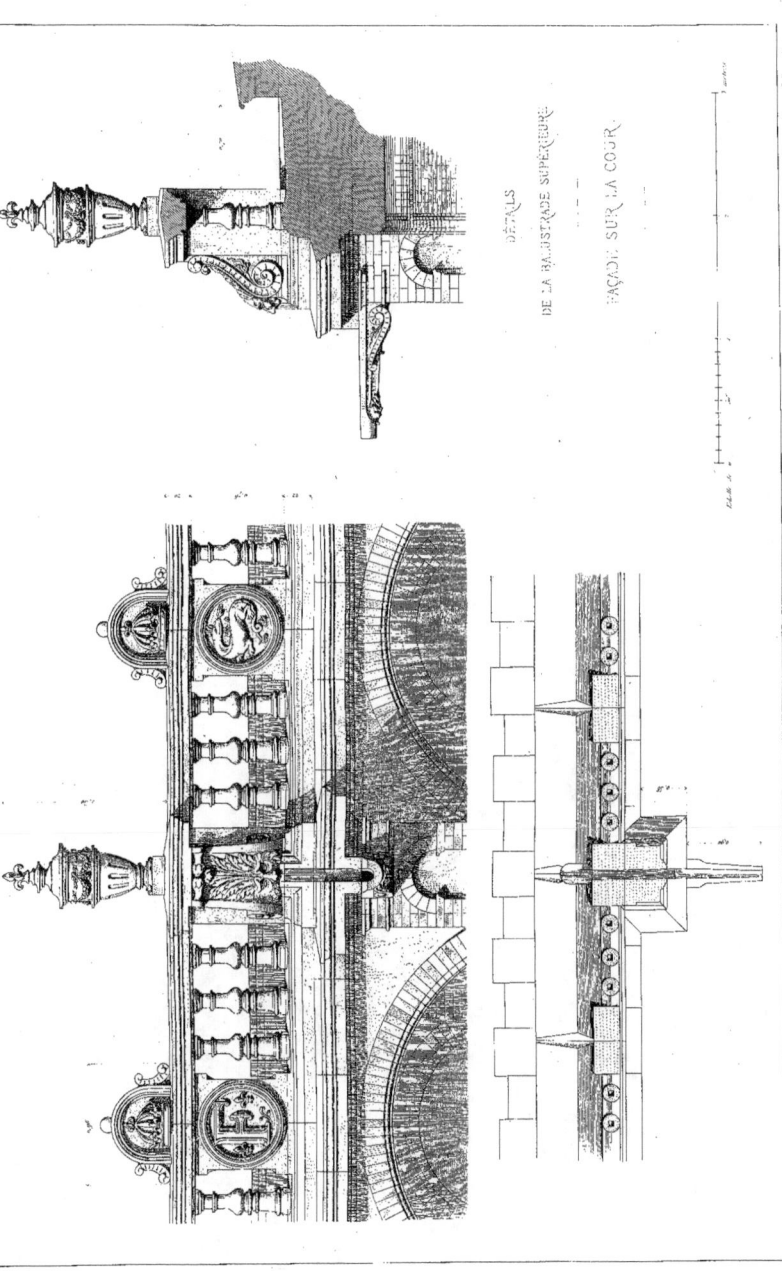

DÉTAILS

DE LA BALUSTRADE SUPÉRIEURE

FAÇADE SUR LA COUR

CHÂTEAU DE FRANÇOIS 1er

(À SAINT-GERMAIN)

Paris, A. Morel et Cie, Éditeurs, 13, rue Bonaparte.

DÉTAILS DE L'ENTRÉE DE L'ESCALIER D'HONNEUR

COUPE

ÉLÉVATION

CHAPITEAU & BASE.   PIEDESTAL.
AU 10ᵉ DE L'EXÉCUTION

PLAN

ARRÊT DU CHAMBRANLEN
DE LA PORTE

Échelle des   0   50   1   2   3 mètres

Éd. Millet, arch. del.

C. Sauvageot, sc.

CHÂTEAU DE FRANÇOIS Iᵉʳ
A ST GERMAIN EN LAYE.

Paris A. MOREL, Éditeur 13 Rue Bonaparte.

Supplément au livre

PLANS
DE L'AVANT CORPS DE L'ESCALIER D'HONNEUR

ÉTAGE
SUPÉRIEUR

DEUXIÈME SALON

PREMIER SALON

XVIᵉ SIÈCLE.

CHÂTEAU DE FRANÇOIS Iᵉʳ
(AU GAUCHE DE LOIR.)

FACE EXTÉRIEURE NORD

AVANT-CORPS
DE
L'ESCALIER D'HONNEUR

Échelle des   0   1   2   3   4   5   10   15   Mètres.

Eug. Millet arch. del.   C. Sauvageot sc.

CHÂTEAU DE FRANÇOIS 1ᵉʳ

(A S.-GERMAIN-EN-LAYE.)

Paris, A. MOREL, Éditeur, 13 Rue Bonaparte.   Imp. Lemercier et Cᵉ, Paris.

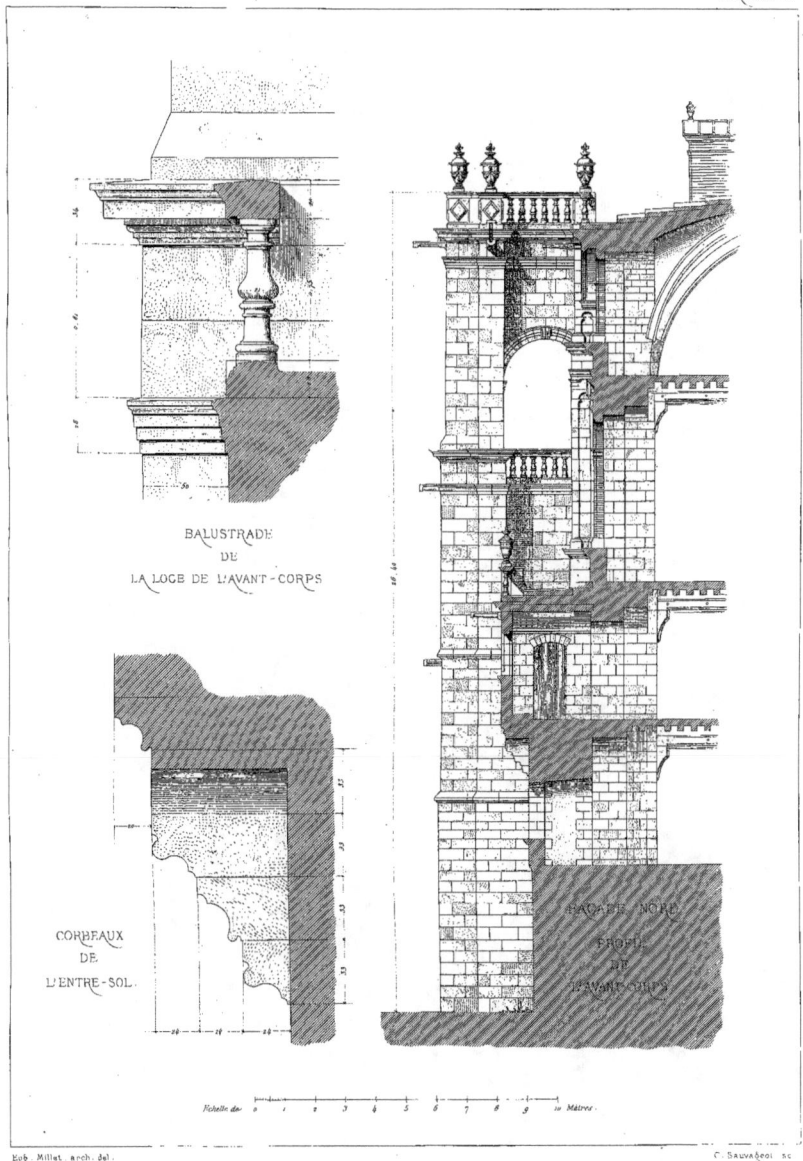

BALUSTRADE
DE
LA LOGE DE L'AVANT-CORPS

CORBEAUX
DE
L'ENTRE-SOL

FAÇADE NORD

PROFIL
DE
L'AVANT-CORPS

Échelle de   0   1   2   3   4   5   6   7   8   9   10 Mètres

Eug. Millet, arch. del.   C. Sauvageot, sc.

CHÂTEAU DE FRANÇOIS Iᵉʳ
A St GERMAIN EN LAYE

Paris. A. MOREL, Éditeur, 2 rue Bonaparte.   Imp. Lemercier, Paris

COUPE

SUR L'ESCALIER D'HONNEUR

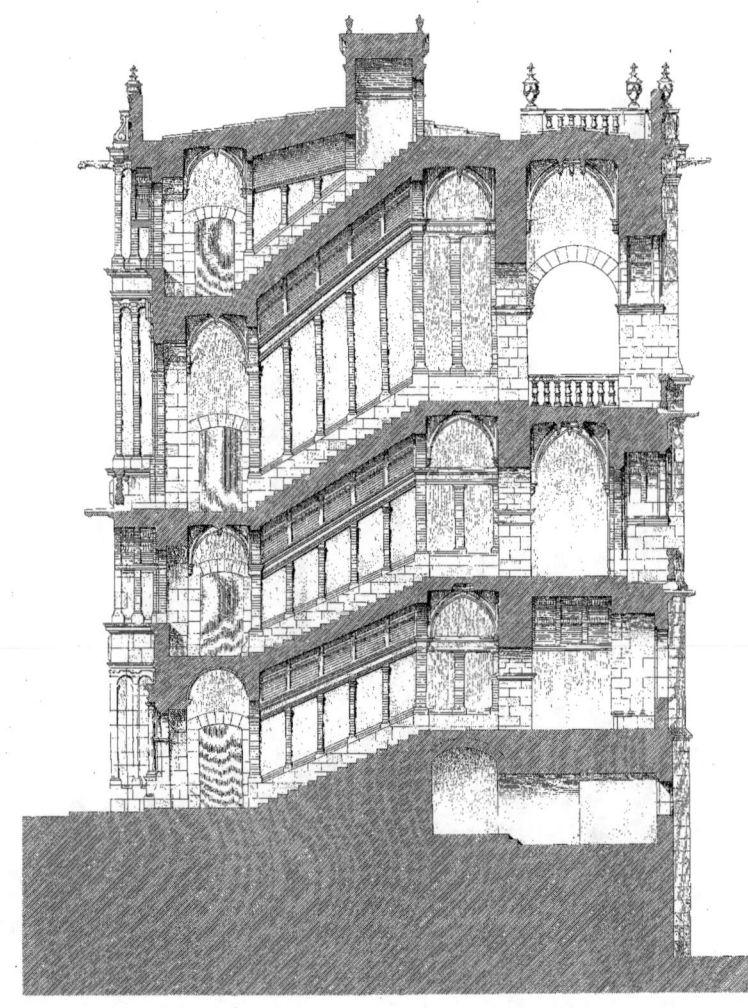

Échelle de 0 1 2 3 4 5 6 7 8 9 10 mètres

Eug. Millet del.   C. Sauvageot sculp.

CHÂTEAU DE FRANÇOIS IᴇR

A SAINT-GERMAIN-EN-LAYE

A. MOREL Éditeur, 13 Rue Bonaparte, Paris.   Imp. Lemercier, Paris.

PALAIS ET CHÂTEAUX DE FRANCE

XVIe SIÈCLE

FRANCE 16

FAÇADE OUEST

CHÂTEAU DE FRANÇOIS Ier
A ST GERMAIN EN LAYE

PLAN

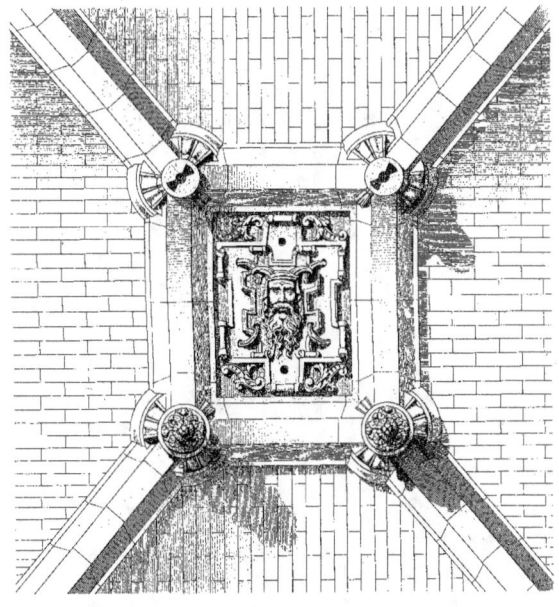

COUPE

CLEF DE VOÛTE DU VESTIBULE

Échelle de

Eug. Millet, arch. del

Cl. Sauvageot, sculp.

CHÂTEAU DE FRANÇOIS Iᵉʳ
À SAINT GERMAIN EN LAYE

A. MOREL, Éditeur, 3 Rue Bonaparte, Paris

Imp. Lemercier, Paris